風之歌

风之歌

丁鲁自选诗集

中国友谊出版公司

目录

打＊号者为传统形式的作品

短诗

长诗

屠岸先生序

“美的事物是一种永恒的愉悦”

——读丁鲁的诗

丁鲁的诗集打印稿摊在我面前。我一面看，一面写下札记，为的是帮助记忆，特别是愉悦的记忆。丁鲁笔下流溢着诗美，这给我以高度的愉悦感。

丁鲁的这部集子中，有旧体诗（文言诗），也有新诗（白话诗）。他的诗作，题材广泛，主题多样。所有的诗都发自心声。他拒斥无病呻吟，他的灵感都源于生活，源于切身感受。从他的诗作中，可以看到他的劳动生活，学习生活，教学生活，从童年，少年，青年，到成年；可以看到他的深思和异想，其中有温馨的回顾，有凄美的记忆，有愤怒的倾诉，有缜密的反思，也有宏阔的展望。他的某些诗篇，是历史的留痕，涉及政治、经济、文化、教育。如《北京之春》悼念伟人的辞世；如《难忘的一年》，敷陈了丙辰的大动荡；而《我是颗历尽严冬的种子》则是浩劫之后的自我总结。

丁鲁写历史也并不总是局限于反映具体的历史事件。他有一首《风之歌》，是他的重点作品，读这首诗会联想到宋玉的《风赋》，雪莱的《寄西风之歌》，以及艾青的《风的歌》。宋玉以“大王之雄风”与“庶人之雌风”作对比，富于讽刺意味。雪莱的名句“如果冬天到了，春天还会远么？”预言着希望的实现。艾青的第一人称“我”代表的风作为“季候的忠实使者”，奔向“初醒的大地”。丁鲁塑造的风，与这些前人的不同。在丁鲁笔下，风是历史，风是规律，风是存在与毁灭，风是理想与现实，风是动与静，风是善和恶，风是美对丑。丁鲁诗中写的是中国，想的是人类，是东亚，也是全球；从中可以听到中华民族行进的步伐，也能听到整个人类历史飞车滚动的轮声。这首诗把政论化为诗语，把理念转成韵律，抑扬顿挫，荡气回肠。读这首诗，会让人沉入哲理的思索。

丁鲁诗歌中蕴含着一个永远挥之不去的题旨，那就是他的故乡情结，其中包含着对楚文化的追慕。他诞生在湖南省离洞庭湖不远的桃花江畔。那里山清水秀，风物迷人，是二十世纪三十年代一首流行歌曲所咏唱的“美人窝”的所在。一方水土，养育了一位诗人。这部诗集，收诗七十来首，写故乡的至少就有十六首，占五分之一还多。出现如此高的频率，并非偶然。这些诗里体现着诗人对故家风貌的无限眷恋，对故乡历史的尽情歌赞，对故土人民的深厚情谊，对生于斯葬于斯的父辈的生死怀念。更有一首《北国的星星》，讲述了一段引人深思的事迹：原来丁鲁生于难产，出生时是一个死婴，是两位挪威大夫费了很大力气救活了他母子。丁鲁对此怀着一辈子的感恩。直到古稀之年，他还写出了这首《北国的星星》，表达他对那两位给予他二度生命的挪威医生的无限感激之情。此时，那两位医生已不在人间，然而丁鲁歌赞道：

高高照耀吧，我的星星啊！
愿人性的光辉永远灿烂！
为我们人民带来友情，
驱走一切无知和偏见……

当我的孙子问起这一切，
我会要说起北国的星星，
这是两张亲切的笑脸——
为我照亮了生命的旅程！

孔子的“仁者爱人”是无国界的；基督的“要有光”是无国界的；马克思的“解放全人类”是无国界的。《北国的星星》虽然是从诗人本身获救出发，但诗所涵盖的却是“人类之爱”的理想，也是“全球化”的推进。

丁鲁的故乡情结，扎根于他的爱国主义，而他的爱国主义与他的人类之爱紧密相连。这条红线，是清晰可见的。丁鲁诗中的主题，传递给读者以思想美，读者由此受到启迪，从而获得心灵的愉悦。

当前诗歌和诗歌评论界的一部分人中流行着一种看法，认为旧体诗等于格律诗，新诗等于自由诗。他们似乎没有听说过闻一多提倡的新诗三美，即音乐美、绘画美、建筑美。如果问他们：朱湘的《采莲曲》、闻一多的《死水》、冯至的《十四行》是不是新诗？他们当然说，是。如果再问他们：这些都是自由诗吗？他们就将无言以对了。事实是，在今天的诗坛上，新诗的品种有两大类：自由诗和格律诗。为使新诗中的格律诗区别于旧体诗的格律诗，可称前者为新格律诗或现代格律诗。这已成为一部分诗人的共识，却未曾被所有的新诗和旧体诗诗人所认同。

关于新诗的格律规范问题，已经有过几代人的研究和探讨。闻一多、何其芳、卞之琳、臧克家、田间、张光年、郭小川、袁水拍等许多诗人以至王力、朱光潜等学者对此都发表过论说。丁鲁也出过一本专著《中国新诗格律问题》，此书曾受到卞之琳先生的指导。虽然还没有达成最终的结论（其实结论只能由实践而逐渐达到或者接近达到），但是新格律诗的创作和发展，已经不可阻挡。如今，在新诗的领域中，自由诗仍占领着大半壁江山，可是，新格律诗的小半壁江山也是不可动摇的。何况，它还在不断发展。

在将近百年的中国新诗发展史中，新格律诗的作者代有才人出。早年的，前面已举出过几位。即使徐志摩，他的《再别康桥》，也是新格律诗的起步雏形。我们可以举出一大批新格律诗的作者：刘半农、郭沫若（郭以奔放的自由诗知名，但别忘了他还有《瓶》等诗）、田汉、戴望舒、林徽因、孙大雨、林庚、孙毓棠、唐湜、绿原（他的《诗人》实在是新格律诗的杰作和典范！）、穆旦、闻捷、沙白、北岛、公刘、晓雪……一直到当代。即使是自由诗大师、提倡诗歌散文美的艾青，也别忘了他写过不止一首新格律诗。那首《礁石》，还有《珠贝》，给了读者多么深刻的印象！

我之所以要提出这么些新格律诗诗人们来，是为了要归结到一点：丁鲁，是当代一名新格律诗承前启后的翘楚，甚至可以说，集大成者。丁鲁是两栖诗人，既写旧体诗，又写新诗，而以新诗为主。他写新诗，很少写自由诗，他写的绝大部分是新格律诗。新格律诗的特点是既有严谨的格律规范，又不受某一种固定格式的限制，在节奏、音节（字）数、音顿数的一定制约下，可以自由发挥，创造出千变万化的形式来。（旧体诗或古体格律诗，有五绝、七绝、五律、七律、五言或七言排律等多种形式；四言诗、骚体或古风虽不限平仄，但仍有一定格式，仍可算作古体格律诗。词，则有多种词牌的规范，甚至还可以创造“自度曲”，它的形式是无限的。）丁鲁正是掌握了这一条件，创造出多种形式的新格律诗的作者。丁鲁的新格律诗，每行有音顿（pause，不是 caesura，事实上比 pause 还要轻，由意群划分）数的规定；每诗节（stanza）有行（line）数的规定；每诗有诗节数的规定（各诗不同，事实上可以无限制地增加）。而这些规定，都由诗人自己订立。丁鲁的诗，其诗行有三顿的、四顿的或五顿的，不同音顿数的诗行在诗中作对称或参差的排列。他的诗节，一节有的两行，有的三行，有的四行（以四行的为多），不同行数的诗节在一首诗中作对称或有序的排列。他的诗采用中国的韵式（rhyme-scheme），四行的诗节不是用 XAXA，就是用 AAXA，变化多端，琳琅满“耳”。

关于叶韵字，我还想多说几句。古诗或今人写旧体诗的叶韵字，不仅要韵母同，还要声调同。新诗就不这样讲究了，只要韵母同，不管声调同不同，都可用作叶韵字。但丁鲁的新诗，就往往选用不仅韵母同而且声调也同的字来叶韵。卞之琳说过，新诗用韵而重声调，是“锦上添花”。丁鲁就是“锦上添花”的能手。这里仅举一例：他的《夜雨潇潇》中，“蕉”与“条”押，都是平声（尽管一是阴平，一是阳平）；“上”与“浪”押，都是去声；“口”与“酒”押，都是上声；“欣”与“人”押，都是平声；

“曲”与“缕”押，都是上声；“灭”与“界”押，都是去声（按普通话说）。这说明丁鲁的叶韵字经过了细心、严格的选择。

丁鲁还喜欢用阴韵（feminine rhyme）。如他的《什么是乡愁》一诗中有这样的句子：“什么是乡愁呢？ / 乡愁是向阳坡上的春茶吧？ / 春一到， / 就冒出满树尖尖的嫩芽吧？”这里，并不是用“吧”字来押韵（同一个字押韵本来就不高明，何况是轻声字），而是让“……茶吧”和“……芽吧”相押，叶韵字是“茶”和“芽”，这二字韵母同声调同；而“吧”字在听觉上似乎成了“装饰音”。这就是阴韵。这首诗的五个诗节，都用了阴韵。其所以称为阴韵，应该是由于“装饰音”使这个尾韵委婉生姿。运用阴韵，也说明丁鲁在格律设置上的苦心经营。

丁鲁的格律营建，强化了他的诗的音乐美。默读、默诵、朗诵丁鲁的新诗，或者吟诵他的旧体诗，可以获得高度的听觉愉悦，而听觉愉悦与心灵愉悦是合一的。济慈有一句名言：“美的事物是一种永恒的愉悦。”这也可以证之于丁鲁的诗。

因此，我在这里把丁鲁诗质的主要方面介绍给广大的读者。

是为序。

2012 年 2 月

短　诗

自题小集

一

蹒跚脚印两三行，
珍重收来一卷藏。
不见苍苍须发者？
当年学步尽儿郎。

1976 年

二

感时赠别话桑麻，
剩有闲情赋落花。
吟得残篇春睡去——
休将成败论诗家！

1983 年

西山造林

（通俗体）

一簇簇，
一根根，
汗水浇来入地深。
踏遍西山千百亩，
绿了山头红了心。

1960年毕业前夕
于北京大学西山造林站

这是我最早可以称为“创作”的东西，显得很幼稚，内容也带着当时的特点。留在这里做个纪念吧。

少女啊，千万不要……

少女啊，千万不要、
不要爱一个诗人！——
他那炽烈的火焰
会把你化作灰尘。

他将要无止无休地
倾诉他心头的幻梦，
用他那火热的歌声
搅乱你灵魂的平静。

他将用直率的言词
把你深情地赞美，
使你在庸俗的人间
受到无端的诋毁。

为了你微小的愿望，
他可以到处追寻，
只落得焦头烂额，

到头来叫你伤心。

他将会一心一意
爱你到天长地久，
即使你已经厌烦，
也不忍和他分手。

他将会为你的幸福
义无反顾地牺牲，
剩下你捶胸痛哭，
一辈子孤苦伶仃……

少女啊，不要爱诗人！——
诗人是爱神的伙伴：
他会要让你心头
插上伤人的利箭！

快关上心灵的大门，
把诗人挡在门口……
如果你爱一个诗人——
你必将一无所有！

1960 — 1979 年

这首是后来完成的。当时我在诗歌形式方面还没有较为成熟的看法。

太行琼花

在一个春季严寒的清早，
转过太行顶上的山崖，
我突然看到冰裹的草茎——
就像一簇透明的琼花。

我来自烈日炎炎的楚天，
来自南国红色的土地。
楚辞中开满夺目的琼花，
比所有的花儿更加美丽。

坚贞的、永不变心的花儿啊，
你开满故乡的江河、山岭；
没想到在这肃杀的朔方，
也能见到你高贵的身影！……

你是遍地生根的野草，
生命的活力是如此顽强；
你是千年不败的香花，

浓郁的气息是如此久长。

这太行山顶冰裹的琼花
给了我生活和战斗的勇气。
我愿它永远在北国盛开——
开遍严寒的朔方的土地！

1966 年 3 月 — 2008 年

在太行山区参加“四清”时得到的印象。也是以后完成的。当时我还没有好好读过楚辞，写不出这种歌颂琼花的作品。

梦中的草原

站在太行青葱的山顶，
眼前起伏着辽阔的草原；
可是当我向前方走去，
脚下却是条万丈深渊。

我卧在峭壁底下的石房，
远古的松涛在高空喧响，
千秋逝水切开了绿原，
现代的小溪在深谷流淌。

每一次雨后山洪暴发，
水如白练，慑人心魂。
为了躲避现代的灾祸，
人们去秦汉的山腰存身。

稀粥，炒面，煮玉米饼子，
半饥半饱地向石山开战——
先进的现代远在天边，

古朴的自然扔在后面。

我在低矮的石屋中做梦：
梦见金霞映红的山顶，
梦见一道道澄澈的山泉
和青松矫若游龙的身影。

我梦见千秋的群峰聚首，
重新化作苍翠的草原；
我梦见理想和现实重合，
现代化出现在人们眼前。

天明我又和山民作伴，
喝着稀粥，吃着炒面，
为了那片梦中的草原，
半饥半饱地向石山开战。

邢台崇水峪大北沟村纪事

1966 — 2008 年

这首当时也没写完。诗里的一些想法，那时不可能有；但第一节却是真实的印象。

数九挖渠

（方言韵）

路远争排队，
天寒竞脱靴。
破冰深半米，
出土累三挖。[1]
风硬寒毛竖，
泥黏髌骨麻。
为迎春意暖，
锹镐趁年华！[2]

1970 年事

1971 年心情

1972 年写作

1970 年 5 月，随文化部所属首都各团体院校下放搞“斗

[1] 挖出渠中所积淤泥，须达三锹深。

[2] 反东坡“诗酒趁年华”之意。

批改”，“深挖‘五一六’”。中国音乐学院分在北京军区炮兵农场（天津军粮城）。第一年搞军事化及劳动，第二年深挖，第三年平反。这是平反后写的。有同事说此诗中心是一个“挖”字，信然。

稻田月夜

月明如白水，
风动似轻纱。
暑退千畦暗，
人眠满耳蛙。
新苗勤拔节，
嫩茎盼扬花。
诗意随泉涌，
长吟树影斜。

1973 年

有朋友以为当时不应有此潇洒心情。但平反后实际情况如此。且此首乃工余所得，故终不愿弃之。

北京之春

乌云在狂奔——奔向遥远的天外，
风神解开了牛皮做成的口袋：

卷起春日的尘土，扬起飞沙，
连天呼啸，扫过万户千家。

迷人耳目，刮昏人们的头脑——
地转天旋，再也站不牢双脚。

烟尘滚滚，席卷古都的天空，
摧折了千年老树、百岁枯藤。

搅动死水的沉滓——清浊不辨，
扇起冲天的火舌——红成一片。

掀翻坚定的磐石，横扫春花，
撑起长河的逆浪，荡尽鱼虾。

只有群山仍旧默默地站立，
只有草根仍旧在土中呼吸。

三番两次，刮走短暂的春天……
浓绿的夏季突然就来到人间。

1977 — 1979 年

1976 年清明，首都群众自发地在天安门广场集会纪念周恩来总理，当时我写的几首诗，都有思想局限，故删之。这是次年回忆那时情景而写的，也涉及整个“文革”。这首后来也做了修改。

难忘的 1976 年

一月——
平地惊雷把长空炸裂！
倾盆的泪雨啊，奔流不歇……
多少悲痛郁积在心头，
化作无尽的号啕和哽咽！
队伍站满了十里长街，
哭着向西去的灵车告别。
哀伤的一月啊——
严寒凝滞了全民的热血！

四月——
满腔怒火有谁能扑灭？
清明的广场人潮踊跃。
此起彼伏的誓语、悲歌，
悼念着一去不返的“英杰”。
愤怒声讨，疯狂反扑，
天安门见证了斗争的惨烈。

抗争的四月啊——
呐喊伴随着庄严的哀乐！……

七月——
静夜里一霎时山摇地裂，
冷漠的天公无情肆虐；
家园转眼间化为废墟，
数百万居民猛遭浩劫！
哀呼阵阵震荡在耳旁，
惨象频频怎么能忘却……
悲痛的七月啊——
人祸与天灾一般猖獗！

九月——
经历了噩耗的反复折磨，
满腔的泪水已经枯竭。
只有忧虑紧压在心头，
人人脸上是寒霜凛冽。
苦难的民族将走向何方？
反常的一切何时了结？
沉重的九月啊——
政坛处处是波涛诡谲！

十月——
一道喜讯传遍了世界，
各族人民都欢呼雀跃。
快敲起震天动地的鼓点——
让激动的泪水尽情奔泻！
这一切恍惚都是在梦中，
这一切却又是如此真切。
胜利的十月啊——
喜泪沾湿了人们的笑靥！

十二月——
历史正翻过新的一页，
洪亮的钟声又响在午夜。
回望这走入历史的一年，
大喜大悲在心中纠结！
无数事件还梳理不清，
只留下一堆新鲜的感觉。
可是将来如果有哪天，
翻阅这些熟悉的章节，
面对一段段枯燥的文章，
透过一张张发黄的书页，
难忘的一九七六年啊——
我永远会记得

这逝去的

震撼心魄的

一切的一切！……

1977 年

留下这首，是由于它写到的这一年实在太重要了。它记下的只是一些浮光掠影的印象。但最后一段说“无数事件还梳理不清”，则是确实的。

赠友并自勉

百年穷与白，
卅载是和非。
速运青春笔，
毋贻皓首悲！

1979 年 6 月 20 日

江城子

晓　月

（今　韵）

年来世事总成空。
对昏灯，
课雕虫。
寂寞文章、
何处掷秋风！
千古英雄俱往矣——
今又是、
月胧明……

关河寥廓走狸牲。
觅晨星，
忆飞虹。
激荡心潮、
潮起未能平……

底事玉弓常伴我？——
无巨矢、
响苍穹！

1979 年

伏案通宵，清早出门见月，有感。此篇由李贺诗化出。

揽　镜

揽镜平添数段愁，
文囊如洗鬓成秋。
峥嵘岁月随烟灭，
慷慨歌吟付水流。
但见驱魔成一举，
安知建业负千忧？
人生恰似梨花树，
难得春风却白头！

1979 年 12 月 20 日

迟来的歌手

我是一名迟来的歌手，
空空的文囊一无所有。
霜花凝结在我的鬓边，
狂歌堵塞在我的胸口。

黑蜻蜓扑着翅膀的水旁，
我过早结束了童年的幻梦；
演兵场上和田间地头，
青春的梦魇又过于沉重。

一朝梦醒——早已是中年，
正午的骄阳照在我眼前。
我久久彷徨在十字路口，
歌喉喑哑，步履蹒跚。

昔日的欢歌已显得生疏，
今日的欢歌又难于出口；
带着我空空如也的文囊，

成了个名实不符的歌手。

也许诗心还搏跳在胸间？
也许曲调还不曾遗忘？
也许我还能调好琴弦，
为迟到的春天放声歌唱？

也许——我陈旧、干瘪的文囊
今后依旧会囊空如洗……
有谁知道呢？——命运的女神
也许再不会光临我这里！……

1980 — 1985 年

什么是乡愁

什么是乡愁呢？
乡愁是向阳坡上的春茶吧？
春一到，
就冒出满树尖尖的嫩芽吧？

什么是乡愁呢？
乡愁是遍山翠绿的楠竹吧？
砍掉它——
又会有无数的笋尖破土吧？

什么是乡愁呢？
乡愁是鲜嫩鲜嫩的芽姜吧？
淡淡地辣，
却只能小口小口地品尝吧？

什么是乡愁呢？
乡愁是油桐累累的果球吧？
不伤心，

不会有满腔的热泪奔流吧？

什么是乡愁呢？
乡愁是来自湘江的风帆吧？
行万里，
总是记挂着故国的山川吧？

1981 年

“文革”之后，对家乡和亲人的怀念挥之不去，结成了一股浓浓的乡愁。

远了——冬夜的火塘

远了，远了——冬夜的火塘：
昏暗的夜晚，熊熊的火光……
烧水的瓦壶低声吟唱，
青烟缭绕啊，枯叶飘香。

远了，远了——围坐的人群：
白须的长者，欢笑的儿童……
脸上发红，心头发暖，
明暗的光影跳荡在前胸。

远了，远了——苦涩的浓茶，
焦香的黄豆，甜软的糍粑；
红薯在热灰中慢慢地煨烤，
围裙捧出了雪白的米花。

远了，远了——亲切的乡谈：
远古的故事啊，代代相传；
乡亲们关心着节令和雨水，

宝宝在慈母的歌声里安眠。

远了，远了——冬夜的火塘：
昏暗的夜晚，熊熊的火光……
远了，远了——儿时的一切啊，
远了——我骨肉情深的故乡！……

1981 年 12 月 5 日

我的老家在桃花江乡下。由于音乐家黎锦晖先生的一曲《桃花江上》，这个地名居然广为人知，但并不一定真正知道它在哪里。那时这里只是普通的农村，也没有给童年的我留下什么“美人窝”的印象。

梦回桃花江

一江春水，
两岸桃花。
水如碧玉，
花似红霞。

天在水里，
水在花中。
游人荡桨，
来往花丛。

一阵轻风，
花飞似雨。
红雨随波，
纷纷流去。

桃花片片，
绿水悠悠。
流呀，流呀，

流在我心头！……

1981年12月21日

不过是“梦”罢了。其实在我童年的时候，那里也并非处处如此美；但山青水碧，则是确实的。我原以为碧水大概还在，只是青山一度很成问题；后来听说水的问题也不小。现在不知道怎么样了？

鲜红的辣椒

在我的窗下，
摆着两盆辣椒。[1]

在丘陵、山麓，在褐色的土层，
在菜地、田边、村旁道左，
到处都长着鲜红的辣椒，
就像是燃遍潇湘的野火。

你燃着，燃在这烈火的山峰[2]——
顶着盛夏炎炎的赤日；
你燃着，燃在我发烫的唇边——
暖得像母亲香甜的乳汁。

你把豪迈鲜明的性格
赋予这芙蓉国里的居民；

[1] 辣椒在北方常作为盆栽观赏植物。居室狭小，邻居的盆栽刚好在我窗下。

[2] 指祝融峰——南岳衡山七十二峰的主峰，火德之所居也。

你将奔放不羁的情感啊——
注入我愚顽、怯懦的灵魂。

如今你又燃在我窗前，
散发着无尽的青春的活力……
叫我记起洞庭之南——
那片牵动我情思的土地！

1982 年

是该回家了

桃李开花了，
是该回家了——
是该跟妈妈到屋后的山坡
掐几片香嫩的新茶了；
是该把鱼篓安放在溪头，
拦一点顺流的鱼虾了……
院子里那棵枯老的梨树
又长出稀疏的叶芽儿了吧？
房檐下那窝勤劳的蜜蜂
又已经出门找花儿了吧？……
是该回家、
　　　　　是该回家了呀——
绿荫遮遍山洼了！

莲藕开花了，
是该回家了——

是该到清可见底的河潭
练一练童年的“狗爬”了；
是该到傍晚的楠竹林中
看一看竹上的金蛙了……
雨后的蛛网又挂满水滴，
映射着太阳的光华了吧？
蜜甜的无花果又围满苍蝇，
在嗡嗡地乱飞乱爬了吧？……
是该回家、
　　　　　是该回家了呀——
艾烟飘满山洼了！

金菊开花了，
是该回家了——
是该用蒲扇扑打着流萤，
闻一闻甜腻的桂花了；
是该趁秋高气爽的节令
逛一逛神仙的山崖了……[1]
牵牛花又已经朝着太阳
吹起娇嫩的小喇叭了吧？
石榴又已经咧开笑口，
露出满嘴的白牙儿了吧？……

[1] 子良岩，离我家不远，据说是仙人潘子良修炼成仙之处。

是该回家、

　　　　　是该回家了呀——

霜叶红遍山洼了！

腊梅开花了，

是该回家了——

是该让吃饱了耗子的花蛇儿

在地洞里度它的寒假了；

是该为防范冬天的小兽，

补一补竹枝的篱笆了……

小朋友又已经穿上新衣，

打算放爆竹烟花了吧？

奶奶也炒好了黄豆芝麻，

在准备过年的豆茶了吧？……

是该回家、

　　　　　是该回家了呀——

白雪盖满山洼了！

1982 年

留下这首，是为了纪念童年时期那段难忘的生活。

山　雾

我像在陡峭的海角爬行，
四周是一片乳白的光明。
雾啊，雾啊——满山的大雾！
你遮蔽了我头上和脚下的天空！

你弥漫在岩顶，弥漫在树梢，
弥漫在故乡的森林和田野，
软如棉絮，轻似炊烟，
白得像盖地铺天的大雪。

你抚慰着野草，抚慰着山花，
温柔地笼罩着山麓的人家，
把你那无所不包的厚幕
从我的脚下伸向天涯。

我立在雾浪翻腾的高处，
竭力向咫尺的远方环顾。

茫茫大雾勾起我沉思——
让我记起那风雷的道路……

1982 年 11 月 5 日

南归，入山遇雾。遍觅父亲墓不得，下山时方见。

父亲逝世，当时尚未完全落实政策。我在首都工作，其实只是“爬行”。无法，只有等待。

胡耀邦同志主持落实政策，给广大干部群众送来温暖。留下此首作为纪念。

问祝融

雄踞南天的祝融啊——
你真是赤帝的住所？
是谁在你的头上
燃起不灭的神火？

开天辟地的盘古
真在这绿野长眠？
是谁把他的左臂
化作衡岳的群山？

是谁将六条金龙[1]
套在太阳的车上？
是谁让朱雀的火旗
在你的上空飘荡？

[1] 龙，马也。其所以用“条”，显得真像龙，不过为了艺术的夸张。

当共工触断天柱，
几乎要覆地翻天，
你为何挺身而出，
支住了大地的东南？

岣嵝峰下的简书
真藏着治水的诀窍？
为民请命的大禹
又如何把它找到？

南天门上的锁钥
是谁人为你开关？
神通广大的猴王
果真在这里往还？

络丝潭下的流水
带走了多少哀伤？
方广寺外的莲花
诉说着什么梦想？

试剑石前的山路
真见过起义的黄巢？
是多么巨大的愤怒
凝聚在他的宝刀？

为何你密密的竹林
——每逢赤地千里——
会开出纯洁的竹花，
结出活人的竹米？

开花结实的翠竹，
又为何枯萎凋零？
啄食竹实的凤凰
何时从烈火中复生？……

为何赤芝的金光
照彻这崇山的日夜？
靠什么滋润着它们啊——
靠谁的一腔热血？……

雄踞南天的祝融啊——
你真是赤帝的住所？
是谁在你的头上
燃起这不灭的、
不灭的神火？……

1982年

祝融峰是南岳衡山的主峰，地属南方丙丁火。祝融是火神，光明的象征。

我又离别这绿荫环抱的集镇

蒙蒙的细雨随风四处飞扬，
轻轻沾湿了我的面颊和衣裳……
我又离别这绿荫环抱的集镇，
沿着熟悉的道路——奔向远方。

远方的原野早已洒遍繁霜，
故乡却依旧长满连天的绿草；
小草低头不语，湿泪淋淋，
用万种离情把我的愁肠翻搅。

别离！永远是经年累月的别离！……
难得的重逢为何又如此短暂？
我真想踏遍你波涛起伏的山峦，
聊以慰藉我抑郁多年的思念！

故乡啊！
　　　　有多少牵肠挂肚的思绪
曾经日夜萦绕在我的心头！……

难道只为了享受重逢的喜悦，
你的儿子才离乡背井地远游？

日月飞驰……又到了分手的时刻！
再见了——可爱的乡亲和路旁的房舍！
只有头上那神秘莫测的群峰
仍旧炫耀着烟雾迷蒙的美色……

遥远的声音在我的耳畔招呼，
火热的激情在我的胸中涌起……
沿着熟悉的道路我奔向远方啊——
却把这烟雨和绿荫
　　　　　　　　　　留在我心里！

1982 年

写于离别南岳镇之后

我是颗历尽严冬的种子

我是颗历尽严冬的种子，
春雷震响——我吐露根芽，
我迎着朝阳抽条长叶，
蓓蕾满树，待放新花。

暑热蒸烤，大雨倾盆，
秋日的寒风，冬天的积雪——
流光易逝，我步入中年，
默默地立在荒凉的原野……

春天又一次来到人间，
冰雪又随着东风融化。
我站在阳光和泥泞之中，
破土的新苗又长满我脚下。

我期待着花香鸟语的春光，
我苦苦思索春天的真理。

沉思中长出成熟的块根——
我把它深深埋藏在土里。

1983年

“文革”后自我总结之作。

骏马飞去吧

骏马如风啊，骏马如风——
驰驱尽兴，来往西东！
晨光在你的眼中闪耀，
绿草在你的脚下翻腾。

春天像一片深深的海洋，
云雀的歌声响彻大地……
你撒开轻快有力的四蹄，
尽情呼吸着自由的空气。

你是将映着初升的太阳，
奔上俯瞰群峰的绝顶，
让一道光辉夺目的金边
勾出你奋鬣长嘶的身影？

你是将迎着微笑的花朵
驰遍鲜花似锦的草原，
让你的蹄声像急骤的雨点

把无边的欢乐洒满人间?

……………………

啊——我匆匆飞逝的青春!
你消散如烟，不留痕迹!
像马儿跃下壁立的悬崖，
失落在潮湿、苍茫的雾气……

然而我不爱异国的忧郁，
也没有临风洒泪的闲情。
我像一匹伏枥的瘦马，
仍然渴望着千里的远行。

飞去吧，骏马啊，飞向天边——
带走那不曾实现的梦想!
让我的瘦马迈步从容，
继续走在午后的林莽。

1983 年

静卧飞舟

顺风顺水，飞驶的小船。
我躺在舱底，眼望蓝天。
哗哗的水声在耳旁喧响，
长空的鹰隼在头上盘旋。

青色的屏风向脚边倒退，
飞溅的水珠如迎风激泪。
生我育我的
　　　　　可爱的家乡啊——
我真想尝尽这江流的滋味！

是酸？
　　　是甜？
　　　　　　是泪水的苦咸？
是青春的沸酒？
　　　　　　　垂老的冰泉？
是胜利的欢欣，成功的喜悦，
挫折的教训，理想的明天？

心儿像一朵淡淡的浮云，
缓缓融化在多情的江水。
滔滔江水，你日夜东流啊，
流尽华年——我无从追悔！
……………………

背负江流，我鸟瞰太空：
苍穹布满白昼的繁星。
故乡啊，为你的百年一瞬，
多少人历尽这冰火的人生！

1983年五一节

寄紫云

紫色的云朵，你来自什么地方？
巍峨的衡岳是不是你的家乡？——
在紫云峰下那片青葱的山野，
我曾经度过多少难忘的时光！

我记得早熟的童年——风雨飘摇，
黎明之前的黑暗啊，漆黑难熬！
烤着炭火，读着《白马湖之冬》[1]，
听着寒夜山林起伏的松涛……

我记得动地的春雷，沸腾的日夜，
课室的沉思，显微镜下的世界；
我记得深山的虎啸、峻岭的鹰翔——
少年的心啊，搏跳得多么激烈！

[1]　《白马湖之冬》——夏丏尊先生的一篇散文，极言白马湖冬天的大风和严寒。

三十年了！一切都成为历史——
美好的回忆伴着悲欢的日子……
只有我这颗鲜红不变的心儿
依旧像当年啊——像当年搏跳不止！

因为在紫云峰下的那片山野，
我曾经度过多少难忘的时光……
紫色的云朵，你来自什么地方？
巍峨的衡岳是不是你的家乡啊，
　　　　　是不是你的家乡！……

1984 年

回中学母校看望之后写的。对我而言，母校非同一般，因为我的父亲是老校长的学生，又和许多学友一道在母校任教多年。那里曾经是父亲和我们兄弟姐妹两代人的家！

杨　花

杨花啊，杨花，扑面的杨花——
暮春三月，飞满京华！
悄悄地贴上了我的头发，
浮在我头顶，像一片轻纱……

又像一个个松软的线团，
随着柔风在大街滚转；
滚过前海周围的绿荫，
滚进我门前狭小的庭院。[1]

小小的线团啊——你的线头
为什么一点儿痕迹也没有？
它究竟通向什么地方？——
牵动它的是谁人的巧手？

[1] 当时我住在什刹海旁的宿舍，即所谓“北师大三院”。过去这里是有名的会贤堂。旁边的大戏台，据说是梅兰芳初次登台演出的地方，可惜已经拆掉了！

我心里也有一根丝线，
像你的一样缥缈、绵长，
无端地牵动我的心儿，
把它牵向遥远的地方……

为什么飘浮，为什么滚转？
为什么落在这狭窄的庭院？

为什么三月里飞满京华？……
告诉我，杨花啊——扑面的杨花！

1984 年

什刹海边宿舍

雁　列

天外传来苍凉的叫声，
多么高昂激越：
这是大雁在飞过长空——
排着整齐的队列。

排成“一”字，排成“人”字，
高高比翼飞翔；
越过满目秋光的原野，
飞向温暖的远方。

那里有美丽的绿水青山，
旭日无私地照耀；
那里有多少火热的心儿
在为你殷勤地搏跳……

我的心啊，又随着大雁
回到故乡的洲头，

回到雁群止息的地方[1]——
摆脱这人欲的浊流！

飞吧，大雁，自由地飞翔——
排着整齐的队列！
向上，向上——向着蓝天……
飞向梦中的世界！

1984 年秋

1984 年，从首都调回故乡湖南省。直接原因是女儿的户口在农村，而北京市小学紧张，不收农村户口的孩子；另一个也许是深层的原因，则是自己对市场经济的不适应。本首反映了我的这种思想，末句则现实地指出这种目标不过是梦想罢了。

[1] 回雁峰，衡山七十二峰之一，在衡阳境内。传说大雁飞到这里就回头，不再向南。这是古典文学作品中常常提到的。

激流之歌

一颗小小的雨珠，
掉在高高的山巅，
汇进欢快的溪流，
唱着叮咚的歌儿，
告别密林深谷的幽兰，
钻出曾经迷失的树林，
蹦跳在层层叠叠的台阶，
泻下白云缭绕的悬崖，
冲刷着山岩，
冲刷着青苔，
冲刷着小树的枝条，
冲刷着石头——
冲刷着大大小小的光滑的石头，
劈开合拢又劈开，
忽高忽低，
左突右冲，
弯弯曲曲，
曲曲弯弯，

收集涓涓的细流，
汇合一条条小河，
挤过狭窄局促的河槽，
越过乱石嶙峋的险滩，
越来越宽，
越来越宽，
冲向东方，
冲向平原——
冲向一望无际的、
　　　　　　　　黄尘滚滚的平原……

托起一块块木排、竹排，
托起一艘艘大船小船，
吞吐着货物，
吞吐着人群，
泛起肮脏的油斑，
灌溉肥沃的农田，
负载着、吞噬着游泳的儿童，
冲决岩岸的堤防，
冲毁大片的民居，
掀起浊浪洪波，
咆哮着，
呼号着，
像一头病弱的老虎一样喘着粗气儿翻滚着，

终于滚落到浩瀚的、

　　　　　　　　宁静的海洋……

海洋啊——

那里是风暴的源泉！

1984年11月20日

我从东方来

我从东方来，
带着兴安岭上的林涛，
头顶珠穆朗玛的积雪，
脚踏西太平洋的海潮。

我从东方来，
脉管里流着长江黄河，
手拈滇池之畔的绿叶
眼含西子湖中的碧波。

我从东方来，
迈开我坚实安详的脚步。
晨风吹起了五颗金星，
朝霞映红了我的道路。

我从东方来，
我向你伸出热情的双手。
为了友谊，为了和平，

我向你叫一声：

你好呀，朋友！

1984 年

这一首最早是在编外国人学汉语的教材时有感而写的。

诗　神

我也曾见过帕耳那索斯山顶
那位西方的诗神；
却从未带着深情的战栗
撩起她脸上的纱巾。

我难得欣赏异国的琴音
和她那美妙的歌喉：
歌唱爱情，歌唱春日——
如此甜蜜、温柔。

有时，当我正伴着孤灯
枯坐在严寒的夜晚，
我往往听到她哀怨的呻吟
和她那激昂的呼喊。

这哀呼也能打动我心房，
叫热血撞击我胸膛；
然而我不属于那片土地啊——

我属于这古老的东方！

我的诗神在仰天悲歌，
披着屈原的长发；
我的诗神在笔走龙蛇，
倚着李白的天马；

我的诗神在徘徊洲渚，
伴着杜甫的沙鸥；
我的诗神在豪唱大江，
驾着苏轼的小舟；

我的诗神在怒发冲冠，
发出岳飞的长啸；
我的诗神在北望中原——
和辛弃疾、陆游一道；

我的诗神在讴歌正气，
赞颂青史的丹心；
我的诗神在呼唤风雷，
慨叹万马齐喑……

啊——诗神！
当十月的炮声响彻东方，

雄狮从沉睡中苏醒，
你割去颏下飘拂的长须，
脱下青衫和圆领；

你旧帽遮颜，命交华盖，
置身于鲁迅的小楼；
趁百侣同游，和毛泽东结伴，
华年击水中流……

西方的缪斯给你增添了
不少火热的音调：
你随着郭沫若放号在地球，
听着闻一多的心跳！

艾青擎着火把向太阳，
田间是你的鼓手；
你唤起不愿做奴隶的人们，
你发出黄河的怒吼……

啊，我的诗神！我多么喜爱
你充满激情的歌唱！
因为有一颗中国的心啊——
在我的胸中跳荡！

因为我生长在中国的土地，
说着中国的语言，
沐浴着中国文化的阳光，
饮着她艺术的甘泉……

不，我不熟悉缪斯的欢歌，
歌唱爱情的甜蜜，
我从未撩起她脸上的纱巾——
带着深情的战栗。

只有她哀怨的呻吟和呐喊
也能打动我心房；
然而我不属于那片土地啊——
我属于这古老的东方！

诗神哪，中华大地的诗神！
将你的金樽高举！
酹干满盏欢乐的酒浆，
洒尽你倾盆的泪雨！

愿浩荡的歌吟响彻寰宇，
巨笔笔底生花；
让鲜花带着诗歌的灵感，
随风飞遍天涯！……

······················

在这片古老而年青的土地，
在满目新芽的季节，
我呼唤着你啊，我的诗神——
凭着炎黄的热血！

1985 年 2 月 21 日

一个搞写作的人，总会有他的创作倾向。谈及自己的创作倾向时，他不可能像写文学史那样四平八稳。我们常常可以看到某个大作家对另一个大作家评价很低的情况，就可以作为例证。从这首诗，能看出我在二十世纪八十年代大环境下的创作倾向。我接受新东西慢；但对于坚持该坚持的东西，却不容易动摇。当然，略微过头的话，总是可能有的。

1990 年 12 月 13 日，我在北大一次学术会议以后的诗歌朗诵会上念了这首诗，受到许多朋友欢迎。

西方的缪斯是个人化的，“我的诗神”就是指“我个人的创作”。中国文学却没有这种传统。我们说诗神，指的是整个诗歌，虽然对它的理解总是因人而异。

映山红啊，火似的花朵！

——作于南归之后

映山红啊，火似的花朵！
摇曳在青山，深情地看我……
你将烈焰燃在我心窝，
刺得我心疼啊——难藏难躲！

和风吹得我如醉如痴，
我手舞足蹈——像飘荡的柳丝。
我一头扎进芳香的绿草，
随手扔下了心爱的唐诗。

我紧紧贴着大地的胸膛，
让我的热泪奔流不歇……
远处传来布谷的悲啼，
春风翻乱了沙沙的书页。

布谷鸟儿在何方啼叫？

啼叫在丛莽？啼叫在诗篇？
红花从我的心头滴落——
心儿啊，你是只啼血的杜鹃！[1]
……………………

我是这片土地的儿子。
我哽咽——由于伤心和狂喜。
母亲啊，别等待我的歌声：
因为我说不清，
我说不清我是如何地爱你！……

1985 年 4 月

回到故乡之后心情激动之作。第 12 行的一个“乱”字，是这种心情的概括。

[1] 关于布谷鸟的传说中，有一种说法认为它悲啼是由于思乡。

五　月

三月泡[1]掉下红红的果球，
把熟透的春天埋进泥地。
我又闻见了山野的五月——
透过野草花芳香的呼吸。

不知不觉，纤细的雨珠
换成了遍地横流的泥水；
长空的火鞭闪着蓝光，
炸雷像要把人间摧毁。

别了，我的青色的春天啊！
别了！——
　　　　　只留下永恒的怀念！……
我阔步走向黄金的五月——
迎着山花，

[1] 泡（pāo）即莓。三月泡——野生小灌木，果熟于阴历三月末。

迎着雷电!

1985 年

回到家乡，回到大自然，心里十分高兴。竟然返老还童，写出了这种告别青春、走向中年的句子。

骑士吟

（上古韵）

曾忆儿时“眼镜车”，
叮当来去矫如蛇。
崎岖半世无从试，
颠簸而今却靠它。
暂慰多年弹铗憾，
好寻一路故侯瓜。
轮飞不羡轻肥美，
听我狂歌意若何！

1986 年 10 月 10 日

记得小时乡下少见自行车，老百姓呼之为“眼镜车”，极形象。半辈子没有机会学，五十多岁之后，居然离不开它了。1994 年，六十岁，还骑车五十余公里去过长沙，第二天骑回，而且是上坡下坡的丘陵地带。这件事很引为自豪，不过那已经是后话。

山　居

野山绿遍可为家，
省却弓腰学种花。[1]
闲立小丘观世界，
漫从浅水觅鱼虾。[2]
越吟作后轻长铗，
清客来时有苦茶。
所见所闻成历史，
昏灯读罢月西斜。

1987年8月7日

[1] 多栽花少栽刺，俗语也。然须常折腰。

[2] 此句意谓搞点不能登大雅之堂的小研究。王充《论衡》云：“涉浅水者见虾，其颇深者察鱼鳖，其尤甚者观蛟龙。”

夜雨潇潇

我在朦胧中，
看见一个好的故事。
——鲁　迅

夜雨潇潇啊，夜雨潇潇——
打着窗外残败的芭蕉……
我却在秋雨连绵的夜里，
梦见了瑞雪和青青的柳条。

我梦见风和日丽的早晨，
红雨洒落在桃花江上；
映着霞彩，飘着落花——
绿水泛起嫣红的波浪。

我梦见小船载着我漂流，
歌声鼓荡在我的胸口。

我真想沉浸在故乡的江河，
痛饮这碧绿、芳香的美酒！

是梦？是真？是早到的阳春？
心儿在紧缩——充满了欢欣。
秃笔多沉重啊，歌声多喑哑，
我恨我自己不是个诗人！

诗人又怎能写尽这佳篇？
歌手又怎能唱尽这妙曲？
我酣睡在大地母亲的怀中，
满耳是天籁的余音缕缕……

我但愿自己从此长眠，
在静静的微笑中灰飞烟灭；
我但愿自己日夜无眠，
用心灵感受这神奇的世界！

……………………

醒来——依旧是夜雨潇潇，
打着窗外残败的芭蕉……
我却在秋雨连绵的夜里，

梦见了瑞雪

和青青的柳条！

1988年

此首和《静卧飞舟》表面相似，实际上心情完全不同了。

大海遐思

——献给“卞之琳学术讨论会”

我偶然来到了你的水滨，
满脸是迷惘、惊奇的表情：
想象中气势威严的大海——
却映着丽日，拂着春风。

我走下一片浅浅的海滩，
轻波拍击着我的双脚。
我不知在你那深邃的底层
埋藏着多少无价的珍宝。

我遥望水天相接的地方，
浩渺的波光汪洋无际。
你有多么广阔的胸怀啊——
任破浪的巨轮东来西去！

双手掬起了一捧海水，

我掌上荡起清澈的漪涟。
它蕴藏着大海全部的壮美，
缓缓地流进了我的心田。

不息的涛声激励我向前，
纯朴的自然更令我倾倒。
大海啊，你日夜响在我心头——
因为你
永远也不会衰老！

1990年7月24日

二十世纪八十年代初，在我刚刚回到自己专业的时候，卞之琳老师给我的不仅是指导，而且是巨大的鼓舞。老师已经作古，而我至今无所长进。只有老师八十大寿时写的一首小诗和两篇回忆录，可以多少表示一点我的心意。而当年老师看过的那部稿子，修改了多年，直到2010年才得以出版。

追　寻

你在哪里，我青春年代的脚印啊——
有多少足音响在记忆的门口！
有多少脚印洒满宽广的校园，
　　　催促我不停地奔走啊，奔走！

我想把你们一个又一个追寻，
可是又哪能找到当年的痕迹？
你们是多么杂沓，多么纷纭，
　　　洒遍我脚下的每一寸土地！

我想把你们轻轻收集在一起，
像收集春花的红艳和秋叶的枯黄；
却不知哪一片记下了我的欢乐啊，
　　　哪一片记下了我的忧伤！

岁月流逝，我早已越过中年，
像一块顽石，被激流磨光棱角。
我大言无愧，习惯于虚假的笑声，

我的花园已长满野草。

我已经打不开这座花园的小门，
因为那遥远的足音我久已遗忘……
可在这洒满当年脚印的地方——
它却又重新响在我心上！

1990年12月16日

去母校北大参加一个学术讨论会。会议安排了外出观光的时间，我请了假，借辆自行车在校园里转了半天，去寻找当年的脚印。寻找的成果，就是这首短诗。

黄昏雨

——赠　友

起座舒腰日已昏，
斜风骤雨满楼门！
秋方淡处凉尤淡，
愁正深时思益深。
尼古丁中沉旧梦，
白头吟里作诗人。
何当更煮糊涂饭，
却话红楼故屐痕！[1]

1993 年

[1] 中国音乐学院旧址即恭王府，传说与《红楼梦》有关，不知确否。

咏莲子

译本杀青，偶食莲羹，有感。

污泥陷臂拳难舞，
左肘生杨成一杵，[1]
芳华落尽结珠胎，
籽粒甘香心却苦！

1994 年 2 月 5 日

[1] 柳生左肘，语出庄子。“柳”即“瘤”。王维《老将行》云：“昔时飞箭无全目，今日垂杨生左肘。”业务荒疏之意也。

我是脏水的一条游鱼

我是脏水的一条游鱼，
油垢堵住了我的两腮，
毒素积累在我的脏腑，
淤泥差点要把我掩埋。

乌贼放着汽车的尾烟，
水草长着枯黄的树叶。
水面是一层污浊的黑云，
寒流也无法将它撕裂。

我在这条脏水中栖止，
深深陷在世俗的泥潭。
烟圈的水泡吹遍会场，
私利的钓饵摆满餐盘。

江湖的罗网为我编成，
职位的龙门供我跳跃。
等因奉此，尸位素餐，

将耗尽我有所作为的岁月。

我是脏水的一条游鱼，
不知道还能坚持多久。
也许我终将在水底沉沦，
连一个像样的浪花也没有！……

1995 年

自题背影照

廿年面壁意如何？
强项偏存黑发多。
常趁苦思吞毒雾，
焉来犀火照长河。
无生有处须眉在，
色转空时骸骨磨。
借汝相机光一闪，
且留背影伴吟哦！

1997 年 12 月 6 日

平日不喜照相。偶因闪避不及，留一面壁之背影：手举香烟未及燃点，项后黑发依然，而旧帽之下，早已白多黑少。

“廿年面壁”，指《中国新诗格律问题》一书的写作。此书 2010 年方得出版，已面壁三十年矣。

戏仿普希金《纪念像》

——译者感言

我建造着自己的小像，不靠斧凿人工。
杂草将湮没那条无人来探访的道路。
这小像微微低下它桀骜不驯的头颅——
　　立在砖石砌成的矮柱。

不，我不会泯灭——在琅琅的诵读声中
灵魂决不会腐朽，将超越尸骨而永存——
我不会消逝如烟，哪怕太阳下的世界
　　涌现出无数杰出的诗人。

可是当我的歌声传遍神州赤县，
华夏的各族人民却不会把我呼唤：
听着这些诗句，像倾听异域的诗人，
　　想不到会有我这名旅伴。

人民也许将长久喜爱我寂寞的歌吟，

因为其中能听到民歌美妙的回音，
在诗歌低迷的时期我追踪古典的音律，
　　　又到国外把旁证找寻。

啊——诗神啊、诗神，快顺从百姓的意愿，
不怕蒙受屈辱，不要追求桂冠，
无论过奖和过责都可以一笑置之，
　　　也不要去作无端的争辩。

1998 年

[附]

普希金：

“我竖起了自己的巨像，不靠斧凿人工……”

Exegi monumentum.[1]

我竖起了自己的巨像，不靠斧凿人工，
杂草也无法湮没瞻仰者踏出的小路，
这巨像高高昂起它那颗不屈的头颅——

[1] 拉丁文：“我建了一座纪念像。”罗马诗人贺拉斯的诗句。

高过亚历山大的石柱。[1]

不，我不会泯灭——在珍贵的弦琴[2]声中
灵魂决不会腐朽，将超越尸骨而永存——
我将要千古流芳，哪怕月光下的世界
只剩下最后的一个诗人。

我的名声将把伟大的俄罗斯传遍，
俄国的各族人民都会要把我呼唤：
斯拉夫骄子，芬兰人，尚未开化的通古斯人
和卡尔梅克人——草原的伙伴。

人民将长久爱我，把我记在心中，
因为我曾用琴声唤起善良的感情，
在我们残酷的年代我曾把自由歌颂，
又曾为死难者吁请宽容。

啊——诗神啊、诗神，快顺从上帝的意愿，
不怕蒙受屈辱，不要追求桂冠，

[1] 石柱在彼得堡皇宫广场，为纪念沙皇亚历山大一世而立。
[2] 弦琴——诗歌的象征。

无论赞扬和诽谤都可以漠然置之，

也不要去和愚人争辩。

1836 年

在当今的中国，诗歌译者只是被当作“外文干部”——既不被当作诗人来尊重，也不被当作诗人来严格要求；而译者本人也往往对自己同样看待。这是很不正常的。其原因，主要在于五四时期至今一直未能建立起白话诗歌的基本理论。——这个话题很大，此处无法铺开来说。我在本书《后记》中也只是简略地谈了一下。

我们爬上了那条山路

我们爬上了那条熟悉的山路，
我们寻找多年不见的坟墓，
突然发现字迹鲜明的墓碑——
逝去的历史啊，显得多么短促！……

当我仰望坟墓背后的高峰，
当我仰望高峰顶上的白云，
我看到坟墓和高峰融为一体，
化成了我们民族伟大的师魂。

他们的父亲在这座墓里长眠，
我的父亲在碑上遗下了手迹。
他们和我又默默地站在坟前，
镜头记录着我们世代的友谊。

我们离开了这个小小的山洼，
只把我们的思念留在这里。
我们也会和父辈一样长眠，

而群山——将永远铭记着这段历史……

1998 年 10 月 26 日

父亲的同事和好友谭老师去世于二十世纪四十年代。这是我和他的女儿、女婿一起为他扫墓之后写的。

秋　虫

碧绿的草虫啊，
　　　　　难道是为了
追寻明亮的灯光？——
你把激越高昂的曲调
带进了我的小房！

我已经习惯了凄恻的秋声，
头脑贫于想象，
突然在这宁静的深夜
听见你勇敢的歌唱。

你让穿云裂石的歌声
在我的小屋中震响，
它能将勇气带给懦夫，
为庸人送来理想。

我已经到了生命的秋季，
一步步走向严冬，

不料在随波逐流的日子
听到你雄壮的歌声。

谢谢你，草虫啊，因为你给了我
宝贵的启示和提醒……
但愿你在严酷的冬天
也仍旧如此勇猛！

我小心翼翼地打开纱窗，
怀着深深的敬意，
把这位“苍翠而精致的英雄”[1]
送回了自由的天地。

1999 年 8 月 6 日—18 日

[1] 语见鲁迅《秋夜》。

代拟斯芬克斯的第二个谜语

清晨，它趴在地面，
爬行得非常缓慢；
上午，它抬头挺胸，
行走得步履从容；
午后，它全速奔跑，
脚跟儿打着后脑；
夜晚，它展翅飞翔——
飞向漆黑的远方……

——谜底：生命

2000 年

我写诗少，原因之一是杂务太多，静不下心来；有点什么感想，多半用散文体来记。曾想把它们改写为诗，这是第一首，也是最后一首，因为实行之后觉得改来改去没什么必要。留下这首，作为纪念。

天鹅飞走了[1]

——故园祭

白色的天鹅，你在哪里啊——
天鹅永远地飞走了！
金色的云彩，你在哪里啊——
云彩被狂风吹走了！……

一个个日子揉成乱麻，
把我的心儿塞满了；
一个个年头长成枯草，
把我的鬓角栽满了。

遍山的翠绿溶成水潭，
被沸腾的岁月熬干了；

[1] 我的故居“养云山庄”，俗称“丁家大屋”，还有一个漂亮的名字：“天鹅屋场”。这是因它位于天鹅山而得名。至于为什么取了这么个西方气味十足的地名，已经无法可考。如今老屋拆得所剩无几，也几乎没有人知道“养云山庄”和“天鹅屋场”了。——那是我度过童年的地方，也是我文学的摇篮！

日夜的渴望化作寒流，
把乌云的澡盆打翻了。

倾盆的大雨汇成泪湖，
湖上的天鹅在歌唱了；[1]
惊雷击碎湖面的波光，
梦中的天鹅被埋葬了……

2003 年 7 月 14 日

[1] 据说天鹅的歌声是最美的，但只有在临死时才歌唱。

苦　夏

灵魂坐在空旷的书斋，
寂静像大獒狂叫。
两耳挂在蝉鸣的树梢，
烦恼在吱吱喧闹。

斧头劈开疼痛的脑袋，
跳出的不是智神。[1]
脚跟套上沉重的铁鞋，
遮掩着隐秘的罩门。[2]

洪水灌满的两条肿腿，
大禹也不能疏导。

[1] 古希腊神话：宙斯头疼，用斧头劈开脑袋，跳出了智慧女神雅典娜。

[2] 古希腊神话：英雄阿喀琉斯出生时，曾被其母握住脚后跟倒浸在冥河水中，故除脚后跟外，全身刀枪不入。

罩门，中国人炼某些武功时留下透气的地方，也是他们最容易受攻击的地方。写此诗时，我正脚疼。

共工触断的干瘦脊梁，
女娲也无法补好。

钢笔画出些歪斜的丘八，
懒散得不肯排队。
电脑弹出些杂乱的音符，
跳几下，打一阵瞌睡。

迷迷糊糊地磨破铁鞋，
想找的见不到踪影。
利箭射穿了致命的脚跟——
好叫你清醒一清醒！

2004 年夏

题自画像

五短身材背似虾，
秃毫败笔手中抓。
自留一片荒坡地，
种出三根狗尾花。

2006 年 4 月 28 日

我的网

方寸的世界，咫尺的天涯，
啊——我的网！
无尽的宇宙在你的窗口
不停流淌。
男女老少，地球的居民，
日夜穿梭来往。
千山万水，坎坷的长途，
再也不能够阻挡。

啊——我的网，
包容一切的网！
敞开你我真诚的心儿，
大道多宽广！

虚拟的真实，科学的艺术，
啊——我的网！
美的光辉把平庸的日子

照耀得多明朗。
身居斗室，心在天边，
不再受现实捆绑。
挣断必然世界的锁链，
把自由的王国向往。

　　啊——我的网，
　　穿越时空的网！
　　奔向幸福，奔向未来，
　　叫理想插上翅膀！

2006年

北国的星星

——献给挪威大夫符克德夫妇

遥远的北国有两颗星星，
为我照亮了生命的旅程。
这是我最早见到的笑脸——
带着欣慰，带着倦容。

我已经见不到他们的笑颜，
但我的星星并没有陨落：
他们闪烁在上帝的身边，
闪烁在幸福安宁的天国。

他们把新鲜活泼的生命
注入我曾经僵死的躯体，
为本来无法存活的婴儿
施行了最初的“生”的洗礼。

我是个儒教门徒的子孙，
孔孟之道在头脑里扎根。

可是西方上帝的慈爱
却时刻温暖着我的灵魂。

我们的文化不需要冲突，
我们的文化只追求友好——
正如法西斯横行的当年
你们在中华的大地落脚。

高高照耀吧，我的星星啊！
愿人性的光辉永远灿烂！
为我们人民带来友情，
驱走一切无知和偏见……

当我的孙子问起这一切，
我会要说起北国的星星：
这是两张亲切的笑脸——
为我照亮了生命的旅程！

2006 年初稿

2011 年 1 月 23 日改成

在我的家乡，有过一所挪威教会。我的母亲曾经就读于教会的学校，并曾在此任教。我在教会医院出生，母亲难产，是两位挪威医生救了她；我生后无呼吸，也是他们救活的。

据说他们做人工呼吸很久，十分劳累；连我的家长都准备放弃了，他们还不放弃，最终使我得以存活。我的家长准备放弃，不是一个简单的决定，因为我父亲的前妻就死于难产，他们的女儿，我的“姐姐”，也死了。这次我是个男孩，又是长孙，而那时又是非常重男轻女的。可见这两位大夫劳累到什么程度。

这首小诗，只能表达我的感谢于万一。

香　草

我翻开案头楚辞的书页，
掉出一根枯干的香草。
它至今发出醉人的浓香——
比焦黄的书页更加古老。

带上这根馥郁的香草，
带上楚辞发黄的册页，
我在东方的大地神游，
感受着先人沸腾的岁月。

带着《天问》的怀疑一切，
怀着《离骚》的悲愤忧伤，
我倾听勇士兵器的撞击，
为郢都的播迁和陷落而彷徨。

陶醉于山鬼的秋波和舞姿，
我沐浴着竹林的飘风、神雨；

当东君的龙车驶过长空，
我又向天狼发出巨矢。

我为大司命敞开天门，
目送着风云奔向天外；
我在碧水下追逐文鱼，
头上张着河伯的绿盖。

猛一低头——是水泥路面，
去年的香草已无影无踪……
哪里是我的文鱼、山鬼？
抬头只见可畏的丰隆！[1]
…………………

古老的民族！——
　　　　　　你大步如飞，
昔日的家园有谁来顾及？
神话把太多太多的诺言
撒向我们心灵的田地……

昨天，透过扶桑的指掌，

[1] 丰隆——雷电之神。

你刚刚射落九个太阳；[1]
今日现代文明的火焰
又已经在你的眼里闪光。

你奔向哪里，我的夸父啊——
虚浮的步履该如何掌控？
红日的家乡远在天边，
躁动的神经又如何平静？

我是个不可救药的楚人，
我为这南国的诗篇而倾倒。
我大声呼吁——
　　　　　　　为古老的歌谣，
为了这大地
　　　　　和醉人的香草！

2007 年 4 月 23 日

2009 年改成

[1] 神话里说扶桑树上有十个太阳轮流出来，被后羿射掉九个。有一种解释，认为先民一开始以为每天出的都是一个新太阳；后来学会计数，用十个指头计算，因此认为是十个太阳。最后才认识到是一个太阳。

致丹枫

还记得我吗？——南国的丹枫啊！
秋天，不正是你漫山遍野
洒下一片火红的音符，
用歌声染红了我的热血？

我就是他呀——就是那少年，
我曾经拾起你给我的红叶，
像高举一丛夺目的火苗，
在你的歌声中欢腾跳跃！

你向我挥动千百条臂膀，
摇动无数拍红的手掌 ；
我也曾仰望你伟岸的身躯，
为你的掌声而心神向往。

如今，我已经满头霜发，
你又迎接我回到你身边，
让我再拾起一丛红叶，

把我的热血重新点燃……

你红色的歌声如大海翻腾，
将漂去我轻如鸿毛的躯体；
我会在歌声中沉入梦乡，
回到大地母亲的怀里。

歌唱吧，丹枫！掀起红波，
摇落你无数多情的红叶，
用它们覆盖我渺小的身躯——
伴我进入深沉的黑夜！……

2007年12月25日

楚人尚赤，楚文化是“红色的”文化。楚人又尚鬼，认为鬼就是自己逝去的先人，对之感到亲切。作为楚人，应该是不怕死的。——不过死的滋味究竟如何，我也不知道，因为还没有体验过。但真到有体会时，又没有机会说了！

奥运——我是中国！

欢迎你，奥运——快乐的鸟群啊，
　　欢迎你，我是中国！
欢迎你来自大陆和海洋，
　　到我们这儿来做客。

欢迎你叼来光明的火炬，
　　传遍我们的城乡，
让它把和平友好的信息
　　播洒到四面八方。

欢迎你到我的头发里做窝，
　　产下五色的彩蛋；
孵出一群出色的小鸟儿，
　　一个比一个能干。

欢迎你带回了古老的蓝天，
　　让清风吹进我头脑。
五千年文化藏在我心中，

现代托着我双脚。

我正在进行艰苦的战斗，
就是向自己开战。
如果蓝天又布满黑霾，
我一定要把它驱散。

欢迎你，奥运——快乐的鸟群啊，
要是你明天飞走，
请你告诉各地的居民——
我们永远是朋友！

当你的鸟群又一次聚首，
展翅高高飞翔，
中国的鸟儿将和你一道，
飞向另一个地方！

2008 年

迷　茫

卖硬面饽饽的，
在深夜尖风底下，
这样慢慢地吆喝着。
我一听到，知道“到家了”！
俞平伯：《到家了》

连天风雪
　　　　遮断了金瓦红墙，
让依稀的记忆
　　　　　　变得格外迷茫。
市井喧嚣
　　　　打破古城的宁静，
资本
　　用铁臂
　　　　　掘开大地的胸膛。

拔地而起的“裤衩”
　　　　　　　　高耸入云，

雨后蘑菇
伴着疯长的楼群。
“硬面饽饽”
是否还吆喝在午夜？[1]
北国的蓝天啊——
还那么沁人心魂？

又记起春季里
风筝高高飞翔，
又记起秋虫儿
聒噪在小贩肩旁。
别了，
自由自在的
闲散的日月！——
你随着悠扬的鸽哨
消失在远方……

别了，永远地别了，
我心中的城市啊——
这里我度过了
四分之一个世纪……

[1] 在老北京从早到晚的吆喝声中，叫卖硬面饽饽的吆喝是最后登场的，一般是在午夜。

你已经变得

　　　　叫我辨认不出来，

只留下无数

　　　　快乐而伤心的记忆！

2009 年

又见青山

——看网友湘西旅游光碟有感

青山啊，波涛起伏的青山——
你重又翻腾在我的眼前！
我以为你已经永远地死去，
却原来至今还活在人间！

河上的筒车啊，
　　　　　　　无尽的水流
多少次翻动过你的桨叶？
你的竹筒又曾向水槽
倾倒过多少白天和黑夜？

你还在吗？——毁去的石刻呀！
你多少次出现在我的梦里……
想不到今天又意外相逢，
带给我突如其来的惊喜！

你还在吗？——木制的小舟！
多少次我曾经荡桨清流，
洋溢着童年过剩的精力，
在青山绿水间一展歌喉！

你还在吗？——木柱和石阶，
还有那木板制成的墙壁！
我曾在板墙上信手涂鸦，
它是否还留下我当年的字迹？

你还在吗？——潮湿的土路！
我就是沿着你走向天涯，
成了一片飘零的落叶，
再不曾回过自己的老家！
……………………

啊，我心中的花果树[1]呀——
难道你也是个他乡的游子？
伴随我一道浪迹天涯，
你何日能吮吸家园的乳汁？

我愿你永远枝繁叶茂，

[1] 指诗歌的灵感。

伸开臂膀，直插青云，
不像我常年远方漂泊——
斩去了古朴、纯真的老根！

2009 年 9 月 21 日

2011 年 2 月 2 日改成

心　海

静静的水面波涛不兴，
只有水分子跃入空中。
这就是你啊，自由的元素——
平静的渴望在心里沸腾！

为了平静，你冲下高山，
为了平静，你泻落岩岸，
最终流入广阔的海洋，
巨浪滔天，烟波弥漫……

我心中也有一片大海——
渴望着平静、安宁的时光。
可是那无从压抑的巨浪
却时时涌起在方寸的地方！

2009 年 10 月 9 日清晨

致来者

你是谁？姓什么？叫什么名字？——
我既不知道，也无法预料。
但是历史在向我通知：
你会要来的——
　　　　　　　一定会来到！

《诗经》和民歌是你的乳汁，
屈原和李、杜是你的先人。
你诞生在这片诗歌的土地，
华夏的热血会给你诗魂。

当诗歌的艺术走向衰微，
你将要吹响复兴的号角，
让理性的、激情的、现实的歌声
将反对理性的喧嚣压倒。

我不会嫉妒你的命运，
只会为你的降临而欢歌；

我们几代人有别的任务，
就是给你做接生的产婆。

我们把中华诗歌的良种
重新播在这肥沃的土地；
它会在你的笔下开花，
结出硕大喜人的果实。

放声歌唱吧，未来的诗人！——
让珠玉在你的笔下喷涌！
我们曾经面对的“睡诗”
将会在你的手中苏醒！

它的光华将照彻寰宇，
让全世界为它眯上眼睛！……
每当我想到这未来的日子，
就心潮起伏，思绪难平。

而今天——我仍旧枯坐案前，
为你的降临敲着字键：
弯腰曲背，手脚酸麻，

舌敝唇焦——

却心甘情愿！

2010 年 5 月 6 日清晨

等　潮

皆言潮有信，
来期岂易知。
不甘等潮者，
非是弄潮儿！

2010 年

第十九个

车轮碾过两岁的女童，
冷漠的路人能躲就躲。
一共走过了十八个行人，
而第十九个——
　　　　　　　那就是我。

底层的大众苦难深沉，
我却在这里得过且过；
一天到晚填饱了肚皮，
很少关心他人的死活。

我默默低下忏悔的头颅，
面对这年幼夭亡的躯体……
在人们呼唤“崛起”的今天——
最需要的
　　　　是人性和道德的崛起！

2011 年

仿丘特切夫《问题》

——苏联解体二十周年祭

山上有一棵大树，轰然倒塌。
它怎么倒的？——许多人开始说话。
是它自己从内部完全腐朽？
还是外来的意志打开了缺口？
时间将飞过一个又一个世纪：
这个问题永远会惹人争议。

2011 年

[附]

丘特切夫：

问　题

山上有一块石头，落在山谷——

它怎么掉的？如今谁也不清楚。——
是它自己突然从山顶滚滑？
还是外来的意志把它推下？
一个世纪又一个世纪飞过：
这个问题至今没人能参破。

1833年1月15日，1857年4月2日

感谢你，大地！

日复一日，我砌着文字的砖头，
白色的马儿从书页门边飞过。
它映白我须发般哗哗淌走的流年，
用故纸埋葬我响入云霄的沉默。

大雪覆盖了我那片青色的春天，
年岁的雪峰隆起如喜马拉雅。
暮色弥漫在当年清澈的湖波，
重叠的波光映出飞驰的骏马。

记忆如鹅毛旋舞，飘满天空，
梦神展翅洒落金黄的玫瑰，
花雨淹没熙熙攘攘的人间，
遮断了湖中老眼昏花的热泪……

感谢你，大地啊，感谢你给了我热泪，
给了我白色的骏马，给了我流年，

给了我旋舞的鹅毛，金黄的玫瑰，
给了我白雪——也给了我青色的春天！

2013 年 3 月 23 日

樱

密密层层，重重叠叠，
饱满鲜明，欢欣热烈，
一个又一个生动的笑容——
转眼在遍地残红中泯灭……

青春憧憬着人生的幸福，
残红负载着泯灭的悲凉，
岁岁年年，在落红深处——
有多少骚人墨客的哀伤！

请别为人世的悲欢而伤神，
请别为天道的轮回而哀悼——
等到明年的又一个花期，
青春又会向世人微笑！

2013 年樱花时节

于樱园

我是个不可救药的愚者

我是个不可救药的愚者！——
命运就这样把我安排：
我的头脑停留在过去，
我的心灵向往着未来。

像浮士德一样和魔鬼打赌，
像吉诃德一样和风车作战；
我是个进不了城堡的白痴，
我是个等待戈多的笨蛋。

进一步、退两步，进两步、退一步——
一直要走到头晕腿软；
每一步十个、百个脚印，
收获才那么一星半点。

而当我精疲力竭地倒下，
上帝会接纳我的灵魂，
他会说："这个人没多大出息，

却是个老实巴交的好人。”

2013 年 11 月 4 日

业余的个人研究进展缓慢，成效甚微，只能以勤补拙。这首诗并非自我表扬，而是说明大环境下小人物的无奈。

深夜的琴音

——仿丘特切夫

深夜里，我听到一缕琴音：
像梦中的叹息，像死去的爱情，
像未曾实现的青春的幻想，
像一去不返的飞马的蹄踪。

它轻轻撕裂着我的胸膛——
我感到痛苦，我感到欢乐；
我感到一切在化作飞灰，
我感到烈焰翻腾的解脱。

像一道轻烟飘向天宇，
像一条鱼儿游向远方，
像记忆飞往多维的世界，
远离了低维的快意和忧伤。

强光照亮大地和长天，

我看见涅槃[1]就站在那里——
它跟“无”一样虚幻不明，
它跟“有”一样真实无比。

我掉进一个古老的陷阱，
越是挣扎，就陷得越深……
我猛然又回到物的世界，
清晰地听到了那缕琴音。

可是我未能从陷阱脱身——
无论是向右还是向左。
也许在我有限的余生，
这难题始终会追随着我！

2014年2月27日

世上一切矛盾中，最根本的是“无”和“有”的矛盾。特别是二者的相互转化，考验着人们（包括科学家们）的世界观。“无极生太极”——确实如此？还是只存在于人们头脑中？还是上帝的创造？随着科学的发展，唯物、唯心之争也将上升到新的层次，而坚持唯物是不容易的。

[1] 涅槃——佛教用语。原指超脱生死的境界。

又是银色的月光

又是银色的、银色的月光，
轻轻洒落在我的纱窗，
轻得像母亲催眠的歌曲，
温柔地摇晃着我的小床。

我闻到一股淡淡的药香，
来自红泥小炉的炭火；
我感到一双慈祥的眼睛
静静地、静静地凝视着我。

时光把我紧紧地抓住，
一眨眼飞过了多少年头！
我走马观花地掠过生活，
留不下快乐，记不住忧愁。

只有这片银色的月光
总是把我的纱窗照亮，
只有这缕温柔的歌声

总是把我的小床摇晃；

只有这股淡淡的药香
总是来自泥炉的炭火，
只有这双慈祥的眼睛
总是在静静地凝视着我……

逝去吧，流光，你飞驰的白驹啊——
电似的掠过窄窄的缝隙……
我沉浸在这片银色的月光——
把世间的一切全都忘记！

2014 年 — 2016 年 4 月 22 日

2017 年是母亲诞生 110 周年和逝世 30 周年。谨以此首献给她的在天之灵。

母亲是老师，又是家传的中医。她免费治疗过许多学生和周围的群众，还经常为无力购药者垫付药费。至今仍有许多乡亲记得她。

春 草

春草啊，汹涌翻腾的春草！
为什么你这样迅猛地奔跑？——
掀起一片青色的狂涛，
带走我白色的忧伤和烦恼！

昨天是近看若无的鹅黄，
今天却成了连天的碧绿。
你如飞的脚步响若雷鸣，
响遍了古往今来的诗句！……

你越过世纪的高峰和深谷，
一霎眼就来到我的面前。
昔日的诗人如今在哪里？——
像晴空掠过的一缕轻烟！

我也将化作一缕轻烟，

在晴空无声无息地飘过……
春草将遮去我的余灰，
让绿潮永远把遗痕淹没！

2014年9月21日

日　子

你在每一个早上诞生，
你在每一个夜晚死去。
像一张张日历飘落尘埃——
你默默凋零，无声无息。

狂风啊，横扫大地的狂风！——
将哪些叶片扫下深谷？
让哪些叶片流落江湖啊，
让哪些叶片沉入黑土？

生活的地面沟壑纵横，
到处是落叶纷飞的道路……
我的日子飘满了天空，
只有黑夜是它的归宿。

没有仇怨，没有恶语，
一任它自由自在地翻飞……

飞回泰初原始的孤寂——
远离沟壑、湖海与风雷！

2014 年 12 月 25 日

醒在下一个春天

我将要醒在下一个春天，
当青春的烈火又燃遍花园。
我将要伸开胳膊和手掌，
让春花重放在每一个指尖。

人们会读着我的鲜花，
理解这枯树寂寞的历史。
虽然我再也长不出新芽，
老花却经受了时间的洗礼。

我像只琥珀包裹的昆虫，
也许会让人充满惊讶：
这虫儿已经死去多年，
却重新受到市场的评价。

厚厚的淤泥会要洗去，
尘封的历史会要复原。
我会像当年，新鲜又活泼，

突然出现在你的眼前。

年轻的、尚未出生的朋友啊，
让我们快乐地提前告别——
当我在另一个春天醒来，
我们将相见在全新的世界！

为了这来之不易的春光，
复活的诗歌将欢欣鼓舞……
你将会读懂我的心灵——
理解我往日的忧伤
　　　　　　和痛苦！

2014 年 12 月 29 — 30 日

长 诗

归　来

（商　籁）

一

依旧是蓝天，
　　　　　　依旧是青山……
啊，我又来到了你的面前！
依旧是这团神圣的烈火——
重新燃起在我的胸间！
南国的峰峦啊，
　　　　　　　巍峨的大庙，
是什么叫我的心儿狂跳？
久违的林野，
　　　　　　平静的山城——
多少次你叫我魂梦难宁……
面对神山我深深地敬礼：
父亲啊，我又回到了这里，
你可曾看见自己的儿子？

你可曾听见他心底的低呼？——
请听吧，这还是那颗心脏！
请看吧，这还是那具头颅！

二

我又回来了，
　　　　　　我的父亲啊！
我远远望见你积雪的银发……
你庄严肃穆，端坐天南，
映衬在炽烈的火霞之下。
你伸开参天古木的手臂，
在欢迎儿子重归故里；
你为我鸣起钟鼓和梵铃，
扬起晨昏祈祷的歌声。
我又回来了，
　　　　　　我的父亲啊！——
林涛又响在我的头上，
云气又在我胸中鼓荡。
伴着你，在往昔少年的岁月，
我曾把多少美梦和激情，
托付给山林的寒夜和晴空……

三

我又回来了，土坯的住房！
我又回来了，砖木的校舍！——
在山洼这片狭窄的地方，
父亲曾艰苦地工作和生活……
这里深藏着我的记忆，
那是我黄金年月的往事；
这里埋葬了我的双亲啊——
只与山花和野鸟为邻！
砖木的校舍，土坯的住房，
让位于装饰一新的楼宇，
立在这片幽深的谷里；
我那些少年时代的秘密，
也已经从此无法追寻——
除非打开记忆的闸门……

四

后来的人们如同小树，
一批批长满了这块土地。
父亲啊，他们不知你是谁，
只面对一个苍白的名字！

谁记得那间沸腾的斗室——
充满青春的欢声笑语？
谁记得古庙前写生的课堂，
画板、小凳、铅笔和纸张？
谁记得你的乐谱和音叉，
让欢乐的歌声悠扬宛转，
压倒嘎嘎作响的地板？
谁记得你的宣纸和画布，
钢板、铁笔、图章、刻刀，
粗放的泥塑，剔透的牙雕？

五

夜晚，你冒着飘雪和飞蚊，
为孩子们盖上滑落的衣被，
制止他们无尽的笑谈，
提醒他们早早地入睡。
清晨，你又去大庙后面，
等待晨跑的学生出现，
霜花满头，热汗满腮，
一个个收集竹做的号牌。
日复一日，年复一年，
你就是这样不停地劳作，
因为这就是你的生活。

你心里只有当前的任务，
从不考虑个人的未来，
更没有任何复杂的安排。

六

我过早离开了那间小房啊，
离开了门前的那片菜地：
那里飘着学生的药香，
还有病号饭诱人的气息；
我过早离开了火盆和木炭——
冲着藕粉，熬着稀饭；
过早离开了盐姜和苦茶，
离开了那些泡菜和黄瓜。
而当我从此走向远方，
就成了漂泊天涯的游子，
只把这小房留在我心里。
如今，往事像沙滩的瓦砾——
早已被历史的风潮荡平，
一切都变得无影无踪！……

七

今天我又回来了——父亲！

我攀上陡峭崎岖的小路，
砍开脚下新长的荆榛，
来到这座熟悉的坟墓。
我拧开你毕生喜爱的醇酒，
酹在低矮、朴素的坟首，
就像将满腔热血沥干，
虔诚地献给梦里的神坛……
我和你相隔不过咫尺，
却已经永远见不到你啊——
你和这大山已化为一体！
你在简陋的墓地长眠，
当年的笑貌将淡出人间，
只剩下墓碑
　　　　　和环抱的群山。

八

让我再看你一眼吧，父亲！
尘海中流逝了我的旧梦：
烟丝、烈酒、火红的辣椒——
都已沉入永恒的幻境！……
只有这神山飘着圣火，
依旧在远处高高地看我，
为我标出了西北东南——

就像大地的一座罗盘。
面对神山我深深地敬礼：
父亲啊，我又将离开这里！
不知何日还能来看你？……
可是即使我埋骨他乡，
心儿也永远会在你身旁啊——
因为我是这
　　　　　大山的、
　　　　　　　大山的儿子！

1999 年初稿

2008 年 11 月 2 日定稿

有一次我去南岳衡山为父母亲扫墓，这是回来之后写的。

我的父亲一辈子教书，在衡山脚下的一所中学工作，去世以后就葬在山上。他不是什么大人物，只是一个普通人，一个普通的知识分子。他也不怎么会说话，甚至可以说相当木讷。正如工人不说哪根钉子是他造的、农民不说哪颗粮食是他种的一样，父亲也从来没有说过哪个学生是他教出来的。

他是一个劳动知识分子，不是什么资产阶级知识分子。他那样的一群知识分子，自然也会有他们的缺点错误，但我认为他们是伟大的，确实是“伟大”的！

——就像他长眠于其中的大山一样。

这首诗是用十四行诗体写的。西方的十四行诗本来有意大利体（彼特拉克体）和英国体（莎士比亚体或伊丽莎白体）两种，后来普希金写《叶甫盖尼·奥涅金》时把十四行诗体改造为“奥涅金诗节”。我翻译《叶甫盖尼·奥涅金》又把它作了一点中国化。这首诗就是用这种中国化的“奥涅金诗节”写的。

我是谁？

我来自黑暗的历史深渊，
当“无”的锅里煮着稀粥，
“有”的泡沫在到处沸腾，
大爆炸形成了我们的宇宙。

三维的空间迅速扩展，
第四维——时间也开始延伸，
其他各维却卷曲不见，
依旧蒙着神秘的纱巾。

冷却的地面还在冒热气儿，
生命的进程就已经开始。
一直发展到我们今天，
经历了多少生生死死。

你想活下来就该进食，
自己又会被别人吞噬。
生是痛苦，活是斗争，

死后分解，又重新组织。

十月怀胎，一朝分娩，
完成了祖祖辈辈的传承；
人类长链中短暂的环节——
一个孩子就这样诞生。

我是谁呀？——没有人知道。
连我自己也说不清楚。
叫着一个偶然的名字——
一堆物质在这儿重组。

我身上浓缩了人类的历程：
从单细胞直到高等生物。
可是除吃奶我不会别的，
脑子里一片空虚和麻木。

我敏捷又迟钝，愚蠢又聪明，
狭隘又宽容，怯懦又勇敢。
虚弱的躯体里住着李逵，
哑嗓门发出张飞的叫喊。

我深思熟虑又轻举妄动，
善良又凶狠，世故又单纯。

上帝统治着我的头脑，
撒旦啃咬着我的灵魂。

我的牙齿里有一块荆轲，
咬不到左肩上秦王那一块；
想叫右手的高渐离帮忙——
高渐离被汗液排出了体外。

我胸前遮着一块坚盾，
双手却紧紧握住利矛——
矛尖常常把盾牌刺穿，
折腾得自己痛楚难熬。

欢乐在我的心脏沸腾，
肝脏里积蓄的却是怒火，
只有肺脏的存货不多——
因为忧愁很少来找我。

我带着紧张、疑虑的心情，
注视着这片辽阔的土地——
它充满矛盾，充满神奇，
到处藏着惊人的秘密。

悠闲的蜈蚣迈着方步，

性急的蜗牛一路小跑；
热带的狮子身穿棉衣，
冰海的白熊披上夹袄。

我们的宇宙在谁的体内？
我们的体内有多少太阳？
我们的时间有多少一瞬？
我们的一瞬曾几历洪荒？

飞碟真载着外星的生物？
他们又来自什么世界？
哪天也许在别的星球
我们也驾上了自己的飞碟？

水星也许是地球的过去？
火星也许是地球的未来？
膨胀的宇宙何时坍缩？
下一次大爆炸何时到来？

多少万年前天外的火光，
我们看到时早已熄灭。
今天想象中美丽的绿洲，
到达时也已是荒凉的世界。

我们满怀热切的希望，
等待外星的人类降临。
突然收到星空的信号——
来自早已死灭的人群。

我在天真的幻想中遨游，
我在庸俗的世故中苟活。
也许我降落到历史的今天，
就为了成为偶然的过客？

“人称天宇是一个覆盆，
我们在其中匍匐生死。”[1]
但愿我活得像一颗流星，
给人们带来意外的惊喜。

而当我离开这片土地，
人们也许会把我忘却——
因为不知我渺小的一生
是否能给人带来喜悦。

也许我一部分污染空气，

[1] 波斯诗人奥马尔·哈亚姆句，见郭沫若译《鲁拜集》。

另外一部分污染土地，
剩下留在你脑子里那些，
又污染你的思想和记忆。

也许，它多少有益于思想，
也能给生物带来些营养？……

这样的消息我当然期盼——
可是我已经没法儿听见！

2007年3月1日完成
8月14日修改

和《三体》这样一些科幻作品中宏伟的画面比起来，这里的胡思乱想就显得太小儿科了。我不懂科学，只是作了一些文学的幻想。

风之歌

一

我坐在小窗下面，
　　听着风儿在窗外长吟。
我走出低矮的房门，
　　风儿迎面扑打着我的衣衫。
我走向陡峭的岸边，
眼瞧着它从浑浊的激流中跃起，
　　在水面打滚，
　　在地上奔腾，
像一个越长越大的儿童，
像一匹越跑越快的马驹儿，
　　摇动无边的云海，
　　卷起喧响的林涛，
在连天的呼啸中直冲霄汉——
震天动地的风啊！

二

我记得你，记得你呀，

　　我的从小熟识的朋友！——

在碧水悠悠的江城，

你曾经伴着母亲催眠的歌谣，

　　激起我童年的幻梦；

在南国的崇山峻岭，

你曾经托起雏鹰的双翅，

　　让少年的心儿随它飞向远方。

在黎明之前的黑暗中，

不正是你

　　把动地的春雷传入我耳鼓？

在广场的多少狂欢之夜，

不正是你

　　用轻寒燃起我们的热血，

　　让欢乐奔涌在我们的胸膛？

我忘不了你，忘不了你呀！——

在锣鼓喧天的水库工地，

　　你曾把沙粒洒满我手中的咸菜、窝头；

在太行山的分水岭下，

我躺在农民大爷的地震棚中，

听见你在天上和地心同声呼啸！
在干校寒夜的麦垛下，
在水渠冰冻的胶泥中，
你像利刃切割着我的皮肉，
像钢鞭抽打着我的筋骨；
而当全民悲痛的时刻，
我听见你也在轻声叹息，
不再触抚那挂满街树的白花……

风啊！
我的风啊！——
你吹刮在我这条崎岖的路上，
伴着我欢乐，
伴着我忧伤。
你追随着我——
像身后的影子：
我呼吸，
你在我肺部来回；
我心跳，
你在我脉管中激荡；
我思考，
你在我脑电波里奔流。
你是慈祥的母亲，
知心的朋友，

顽皮的孩子，
严格的教师，
暴虐的主人，
可怕的仇敌；
你就是我自己——
是我的愿望，
我的呼吸，
我的悲叹和欢笑，
我内心的疑虑和争斗，
我每一个细胞的分裂和死亡……
席卷大地的风啊！……

三

有谁能知道它呢？——
它生于何时、亡于何刻？
它来自何处、奔向何方？
什么是它的目标和道路？

不，
我不知道任何现成的答案。

远在那没有时间的时间，
风儿从“无”和“有”之间吹起，

将太极劈为
　　相依相斗的两仪，
　　在纷繁的卦象中演化出万物；
它推动宇宙这团活火，
　　使混沌的鸡子分为天地，
　　让每一颗粒子响起它战斗的歌声。

它无所不在又无影无形：
　　万物的生灭——揭示出它的存在；
　　草木的膜拜——勾画出它的身形。
它横冲直撞、无坚不摧：
　　永远向前——是它的目标；
　　身后留下的——是它的道路。

当劲风第一次张开我的肺叶，
我醒了——
　　像盘古一样苏醒。
我长大，
　　记不起我怎样出生：
像人类记不起蒙昧的童年，
　　像早上记不起深沉的梦境。
我注视着盘古——这开天辟地的巨人，
不知道他是宇宙精神的化身，
　　或者确实是猿人的儿子。

几千年来的土石灰沙，
　　湮没无数甲骨、金石和简册。
隔着时间的浓雾，
　　我竭力辨认着历史的身影——
听不清矛与盾的撞击，
看不见风儿划出的越来越大的螺旋。

看到的只有昏睡的盘古：
　　精疲力竭地倒在大地，
　　在噩梦中咬牙切齿地呻吟。
而当他沉睡醒来，
　　目光露出片刻的迷惘。
他焦躁，
　　他沉思，
终于，他仰对苍穹，
又一次发出震天动地的长啸！——
滚滚而来的风声
就淹没了我这间低矮的小房！……

四

风儿来了，来了！——
从远方吹起呜呜的号角，
　　铺天盖地地来了！

它从天而降，
　　颤动树叶，
　　晃动树枝，
　　摇动树干，
　　深入树根。
它推动巨轮，
　　沿着原来的方向，
　　走上了一条快车道。

它穿过大街小巷，
　　访问每家每户，
　　叫许多人改变自己的行当。
它打翻染缸，
　　让满地流淌着五颜六色；
抛撒香料，
　　让空中弥漫着香气和臭气。
它掀起江河湖海的大浪，
　　搅动水底沉积的渣滓，
　　满天扬起尘土和树叶。
它打开东方的潘多拉魔匣，
　　放出民族的各种劣根性，
　　叫许多人围着钱眼儿打转。
它挖出隐藏的垃圾，

等待清洁工打扫；
挤出肌体的脓血，
等待卫生员擦拭。
它将其他民族几百年的任务
压缩在几十年中解决，
让各种矛盾集中表现，
叫人目不暇接。
当几千年的人治
和复活的资本结合，
它用民主的课题
来考验我们民族的智慧
和领导者的决断。
它摒弃“一次性解决”的思路，
用无休无止、纠缠不清的矛盾
每天磨炼着我们的耐性。
在它的扫荡下，
草木不知所措，
而岩石默然屹立。

我心神不定，头脑迷糊。
我紧跟盘古前行，
不知将走向何处。
我看到盘古衣着更为光鲜，
体态更为丰腴，

背上背着几千年的包袱。

我看到寄生的虫菌沾在他周身，

力图侵蚀他的肌体和头脑；

而他在快步行进，

竭力甩掉这千年重负，

却又难于马上甩掉。

我听见高速发展伴随着无序开发，

财富集中伴随着大众的困苦，

环境污染伴随着整治的艰难，

权力膨胀伴随着监督的滞后……

我想要喊叫，

可是我喉咙喑哑，

我渺小微弱的呼声被阵阵狂风淹没……

五

风儿整夜呼啸在我的门外，

天还没亮就拍打着我的小窗：

“起来，起来——

悲观的诗人！

快到外面来瞧瞧！”

于是我翻身下床，

快步跑上黎明的山岗——

于是我两耳就灌满了风儿的歌声！……

风啊！

　　东南西北的风啊！——

从各个角落，

　　全都汇集到我的小山坡下，

　　像翻滚的海涛扑击兀立的礁石。

呼呼的——是坚定的意志，

隆隆的——是雄壮的动力，

嚓嚓的——是开拓的足音，

唰唰的——是无情的鞭挞，

呜呜的——是伤心的啼哭，

絮絮的——是温柔的抚慰，

萧萧的——是悲壮的别离，

哗哗的——是它满怀激情的呼叫！……

于是我和这风儿一道高唱，

　　　　　　　　一道大笑，

　　　　　　　　一道痛哭，

　　　　　　　　一道低语，

　　　　　　　　一道沉思；

于是我看到：

世上所有的道路

　　通向同一个目的。

今天的盘古

将像烈火中的凤凰，
和过去一样
一次又一次从灰烬中复生，
清理掉身上所有的污垢。

于是我在这风儿的交响乐中
听见了大地的脉搏：
我听见天体在运转，
板块在漂移，
粒子在相互转变，
物质在分解、化合，
云朵散开又聚拢，
江河干涸又泛滥，
微生物悄悄地打扫着世界；
我听见天下合而又分、分而又合，
世人死亡又降生，
心儿疏远又靠近，
希望崩溃又苏醒，
爱的火焰熄灭又燃烧；
我听见火热的岩浆在地下奔突，
我听见生产力在奋力突破过时的生产关系，
我听见思想在冲击牢笼，
苦苦挣脱镣铐和束缚；
我听见大自然母亲在昼夜不停地呼吸，

我听见人类历史的车轮在滚滚前进！……

而当风儿渐渐止息，
　　准备迎接初升的红日，
我知道：
在世界各民族
　　大联合的时刻，
须发飘拂的盘古
　　将袒露古铜色的皮肤，
　　登上必然王国的顶峰，
高举肌肉隆起的双臂，
　　拥抱太阳，
　　拥抱星空，
　　拥抱过去和未来，
在炫目的光焰中
　　和宇宙化为一体；
天风将流过他的躯干，
　　穿过他的筋脉骨肉，
　　和他一道溶入无限的空间和时间，
并为全人类唱起响彻天宇的
　　欢乐的颂歌……
这将是风儿的大合唱中
最为高亢强劲的歌声！

你听：

　　风儿在唱了！……

风儿的歌手啊——

醒来！

20 世纪 80 年代开始写作

2011 年 1 月 3 日改成

此诗开始写作很早；改写了多次。但形势一直在发展，只好把它先定下来。

本诗有三个文学形象：我——抒情主人公；盘古——中华民族；风——物质的运动。

一般说，浪漫主义作品常出现在革命时期，而改革时期多的是现实主义作品。怎么处理好浪漫主义和现实主义的关系，是我在写这首诗时遇到的主要难题。

后　记

一

我读诗早，写诗却不早，写得也不多。

小时候躲日本兵，跟着家长到了乡下。上学以前，母亲就开始教我认字了。大人忙于家务，我乱翻书柜里的书：有画儿的看画儿，没有画儿的连猜带蒙地瞎读，读不懂的问大人。那时候读到的诗以古典的为多。虽然是文言，但是很短，有些作品语言还比较浅近，又有韵，能引起小孩子的兴趣。到以后，对诗的兴趣就长期保持下来了。

至于写诗，直到中学毕业，从来没有尝试过。上大学学的是外文，读了些外文诗，也曾经试译，但是没有条件正经搞，因为那要被认为是追求名利、走白专道路的。那时候劳动很多，劳动快板之类写过好些，都没有保留的价值。

1958 年的新民歌运动，我自然也跟着跑，没有什么觉悟；但这也由于我历来喜欢民歌。至于后来对何其芳先生的围攻，我本能地觉得反感，却没有资格参加那些讨论。所以，无论从理论还是创作来看，我在整个大学阶段都还是一个白丁。只有毕业前夕写的两首小诗，虽然很幼稚，多少还像个创作的样子，保存一首在这里做个纪念。

1960 年参加工作后，我一开始写的主要不是新诗，而是旧体或者半新半旧的东西。原因一方面是由于没有认真对待写诗这件事，抓着什么形式就用什么形式；另一方面是对自由诗曾经抱有成见，宁可照猫画虎地写文言诗也不写白话的自由诗。由于更多接触到了闻一多先生的作品和论文，对白话诗的格律形式开始有些模糊的想法；也不过就是觉得白话诗应该有格律诗体，具体的考虑却不多。白话的习作虽然有一些，但不成熟。许多都是以后修改完成的。

我的命运相当奇特。1953 年入大学的时候，中苏关系正热，俄文是热门专业，北大俄文系又属于最早开俄苏文学专业的，似乎前途金光灿烂。到 1955 年，生了一场病，休学两年，和 1957 年擦肩而过，坏事变成了好事。1960 年大学毕业却赶上中苏关系破裂，俄文人才过剩，一辈子学用不对口，好事又变成坏事。“文革”中由于没有和外国人打过交道，所以没有因“里通外国”之类挨过整。最后，除了专业不对口，也没有什么需要落实政策的事情；而专业不对口这样的问题在知识分子里面实在太多。——这真像寓言里说的塞翁，不断地“失马”和“得马”。

拿诗歌正经对待，是二十世纪七十年代的事了。1976年，特别是1978年之后，开始考虑自己该怎么办。人到中年，大学教了教中学，中学教了教小学，窝着总不是个办法。想来想去，还是得回到自己的专业。搞外国文学的史论研究吧，和我的性子不合，也没有资料和其他条件；想来想去，还是搞翻译，于是就想到译诗。其实以现在的眼光来看，那时并没有什么明确的科研意识，更没想过什么成果、职称之类。

译诗面对的大量是外国格律诗，译文不能不考虑诗歌形式。这又促使我从二十世纪七十年代末开始动笔写关于诗歌形式的《新诗格律探索》一稿（也就是后来出版的《中国新诗格律问题》这本书）。

由于一位老同学的引见，我得到了卞之琳老师的悉心指点。我和先生书信来往次数并不多，见面的机会就更少；可是先生的治学态度和方法，以及他的人格魅力，却令我终身受益。

1984年，去求一位老同志介绍我挪个窝，调回家乡湖南。赶上大发展的形势，居然比较顺利。可是新单位没有我的专业，叫我以科研为主的承诺也成了一句空话。年龄老大，别的单位不要了，只好改造自己来适应本单位的要求。总之，我的道路比较平坦，但这是一种低水平的平坦，许多问题要自己努力去解决。好在我天性随和懒散，随遇而安，与人无争，也就这么过来了。自从教学有了课时费，我在学用不对口的情况下就少教些课，多留一点自己的时间。虽然像是在种自留地，但这专业既是国家培养我学的，也就心安理得。教了一个时期的现代汉语课，在语言理论方面补了一下课，倒是无心插柳，为我修改这部研究诗歌的稿子提供了一点条件。

在这种情况下，我的业余创作才较多地出现了格律体的新诗。由于观点的变化，我也开始学着写自由诗，但写成的很少，主要是一首《风之歌》。另一首《激流之歌》虽然也是，但那是短作，二者并非姊妹篇。

无论文言诗、白话诗，也无论是格律诗还是自由诗，我写得都不多。我脑子慢，不是真有想法就写不出来。写的过程也往往拉得长，花了很多时间去酝酿和修改。不少题材堆在那里没有写，或者写了一半，或者写完不满意。将来这些东西里面有些改到自认为可以发表的时候，也许还可以发出一些来吧。另外也有些作品是由于各种原因目前不宜发表的。

一些习作之所以没有保留价值，还由于它们的内容。我在思想上是一个后觉者，"唯上"论严重，许多东西只能扔进垃圾堆。即使是可以保留的，事后也往往发现一些思想上的局限。

但我的写作态度是比较认真的，写的一般是自己生活中比较大的事，发表也较为郑重。译诗的时候，我就爱译选集而不爱译全集；发自己的东西也不愿求全。即使这样，这里收的东西仍旧质量参差不齐。

既然很少发表，就没有诗名，不受声名之累，也无所谓“悔其少作”。诗歌界喜欢讲“代”和“派”。我并不属于哪一代，也不属于哪一派。总之，我只是一个译者，既不属于新诗界，也不属于古典诗歌界，也不属于诗歌评论界。“跳出三界外，不在五行中”，也就省了不少的杂事。

说到我的创作原则，除了写自己的真实体会之外，我希望我写的东西能尽量做到符合民族文化的要求、时代进步的要求、艺术发展的要求。从作品看，我的诗里有一条主线，就是矛盾。我是力求用和谐的形式来表现矛盾的内容。

我写的诗，可以看到我的思想发展脉络，形式上却很难按时间分期，因为我有意识地想要试验各种诗歌形式。我虽然不属于某些当代诗歌流派，但对他们常用的手法也试着用一些，并没有绝对排斥。

提到流派，我在这里顺便说几句。

首先，诗歌形式问题，包括格律问题，是诗歌艺术的基本问题。这方面的理论探讨和艺术实践，不应该算作什么流派；而格律诗人也还会有自己的创作倾向。中国古典诗歌基本上是格律诗，自然没有什么“格律诗派”的说法；其中的各种体例，像古风和律绝，也没有什么

“古风派”和“律绝派”的称呼。西方原来流行格律诗，后来出现自由诗，也没有把它们叫作“格律诗派”和“自由诗派”；其中的一些体例，像十四行诗，同样没有被称为“十四行诗派”。中国五四以后的白话新诗，自由诗一家独大，有些论者就把成长中的白话格律诗称为“格律诗派”。但他们并不使用“自由诗派”的称呼，可见他们在分类时将白话诗中的格律诗算得比自由诗低了一个级别。这种分类法是不公正的，也是不科学的。

至于按创作倾向来分类，研究者自然各有各的说法。不过我们应该考虑到，除了现实主义、浪漫主义等等这些基本的术语之外，习惯上还常常用某个团体或者某次会议来为创作倾向安名取号。这是一种简便的办法，也是一种并不可靠的办法。因此，关于某人属于某派的判定，如果所提到的人还活着，我以为至少应该听听他本人的意见。

我自己始终坚持我不属于当前的任何诗派。我只是继承五四以来一些诗人和学者的遗产，继续研究和实践现代汉语的诗歌形式，特别是其中的格律形式。而对诗歌形式，也有一些不与人雷同的想法。我愿以自己的研究和实践，独立地对读者负责。

嫁出去的女儿泼出去的水。这堆东西就摆在这里了，它们等待读者严格的评判。

二

五四运动时期以来新文学的各个部门中，新诗是争议最大的一个部门。由于新诗主要是自由诗，这里又涉及对自由诗和格律诗（包括传统的文言格律诗和尚未定型的白话格律诗）的探讨。

相当多的人谈及新诗的优劣时，其实只是针对创作说话。评价创作是一个研究作品“好不好”的问题，可以各人有各人的看法。新诗部门最大的问题，是在理论方面；特别是它的基本理论，从五四时期至今一直没有解决好。而基本理论涉及一大堆“是不是”的问题，必须首先加以统一，不能作“正方、反方”的百年辩论。

这个问题和新诗产生的原因分不开，需要从根子上讲起。

谈到新诗之所以产生，最常见的有两种意见：一种认为它是五四思想解放运动的产物，所以应该越来越解放，也就是越来越走向诗歌形式的自由；一种认为它是西方影响下的产物，所以应该越来越向西方靠拢。

其实，新诗并不是五四思想解放运动的直接产物，而是它的间接产物，是五四白话文运动的产物。它是白话诗，被推崇者命名为“新诗”。这是一个非常情绪化的命名，并不科学，模糊了诗歌的语言本质。文学（包括诗歌）的物质基础是语言。新诗既然使用“白话”（即中国的现代白话，也就是现代汉语），就应该是中国的现代白话诗歌，也就是现代汉语诗歌，正如我们常说英语诗歌、德语诗歌一样。

思想内容的解放和诗歌形式的解放是两回事。新思想的宣传往往采用人们喜闻乐见的形式，各国大抵如此。所以，我们还得承认，无论从诗歌理论来看，还是从诗歌实践来看，新诗的现状和它的许多缺点、问题，都是五四时期语言突变（法定的书面语言短时期内从文言突然改为现代白话）留给我们的负担。

诗歌是语言的艺术。随着口头语言由古汉语逐渐演变为现代汉语，诗歌也有一个发展过程，这一过程和诗歌形式的发展分不开。口耳相传的民歌自然而然地继承了古典诗歌和古代民歌的诗歌形式。可是单音词为主的古汉语变成单音词、双音词平分天下的现代汉语之后，传统的五、七言句式容纳的内容减少了，反映现代生活就显得局促，一般只适用于单纯朴实的民歌；而汉语的书面形式在五四时期突然由文言改为白话，又让创作诗歌措手不及，短时期内没有理顺它和传统诗歌的渊源，似乎一切都要另起炉灶。再加上战争、社会动荡以及西方自由诗的影响，中国的白话新诗走上偏重发展自由诗的道路，是不足为奇的。这就决定了它的先天不足。而诗歌形式传统的中断，就使新诗的整个基本理论也都需要从头加以审视了。

其中最重要的一个问题，就是新诗的定义。只有知道了新诗“是什么”，才能知道它是怎么产生的，未来的发展道路又是什么。明确这一切，才会理解五四以来的新诗为什么自由诗、格律诗两腿一长一短，并找到今后繁荣我国诗歌的正确道路。

一些诗歌论著提到中国新诗，往往要说它精练、抒情等等。但这些都是“诗歌”的普遍特点，不是“中国新诗”的定义。依我看，定义“中国新诗”，就像切蛋糕一样。“诗歌”是怎样的，已经用不着我们去考虑；我们的任务，是从“诗歌”的蛋糕里面把“中国新诗”这一块切出来。

我们首先要把外国诗歌切掉，只留下中国诗歌；然后要把古典诗歌切掉，因为新诗是现代诗歌；由于现代诗歌中也有用文言写的，所以还要把其中的文言诗切掉；新诗又是创作诗歌，有别于原始形态的民间诗歌，所以还要把民间诗歌也切掉。最后，“中国的、现代的、白话的创作诗歌”，这个定义对于中国新诗应该说是很准确的了。

新诗是现代诗歌，就应该继承传统；新诗是创作诗歌，就应该学习民歌；新诗是中国诗歌，就应该借鉴外国；此外，还要从五四运动以来的诗歌实践中进行总结。因此，“继承传统，学习民歌，借鉴外国，总结新诗”这四个方面的结合，就是中国新诗今后发展和创新的基础。

在这样一个基础上，我们才能找到建设中国新诗的正确的道路——这是从新诗的定义中自然会要得出的结论。（当然，这个说法是就诗歌部门的整体而言；至于诗人，则各人的创作必然有自己的特点，不应该、也不可能要求他们面面俱到。）

可见，基本理论的建设，对于中国诗歌具有极为重要的意义。五四以来在这方面留下的大量空白，必须抓紧补上。

三

过去关于诗歌的各种研究和讨论，往往独尊自由诗，并表现出对诗歌形式的忽视。长期以来，对“内容决定形式”的片面理解和扩大使用，极大地阻碍了中国诗歌艺术的发展。改革开放以后，有关的限制消除了，诗歌实践也多样化了，理论上却没有大张旗鼓地加以解决。

内容和形式的关系不光是一个文学命题，它首先是一个哲学命题。

黑格尔在《美学》第一卷中说：

> 就内容方面说，美的艺术不能在想象的无拘无碍境界飘摇不定，因为这些心灵的旨趣决定了艺术内容的基础，尽管形式和形状可以千变万化。形式本身也是如此，它们也并非完全听命于偶然现象。不是每一个艺术形状都可以表现

和体现这些旨趣，都可以把这些旨趣先吸收进来而后再现出去；一定的内容就决定它的适合的形式。[1]

他在这里是从内容和形式两方面讲的，意思是说二者要相互适应。黑格尔只是强调形式不能任意确定，并没有说内容只有某种单一的形式可以表现；他还强调二者的统一，并没有把内容和形式对立起来。这正如他所说的：

内容非他，即形式之转化为内容；形式非他，即内容之转化为形式。[2]

人们容易强调内容代表事物的本质，而忽视形式的作用。但没有形式，就不能使一种事物区别于其他事物，因此也就没有了事物本身。内容和形式是无法分开的。形式不是内容的“衣服”。诗歌形式也不是诗歌的“衣服”，而是它的“皮肤”，它的“骨骼”。

内容和形式作为矛盾的主要方面和次要方面，又是可以相互转化的。当一种事物正在转变为另一种事物，或者分化为两种或多种事物的时候，对于还没有定型的新事物来说，确定其外部形态，就具有重要的意义。这时矛盾的主要方面，很可能就是它的形式。试想，如果诗还没有和乐、舞分家，或者还是像《诗经·周颂》中

---

[1] 黑格尔：《美学》，朱光潜译，商务印书馆1996年第二版，第1卷第17—18页。着重点是原有的。

[2] 黑格尔：《小逻辑》，商务印书馆1980年第二版，第280页。着重点是原有的。

某些连韵脚也没有的类似金石铭文的短句，我们难道能在内容上对它提出多少要求吗？

黑格尔关于“内容决定形式”那段引文，我是这么理解的：比如小说《红楼梦》，可以改编为影视，却不可能用一首或几首律诗、绝句来解决，因此“一定的内容就决定它的适合的形式”。——说穿了，决定作品形式的其实是作家的“头脑”，或者说是作家的创作习惯，也就是他惯于采用什么文学样式。当然，内容的某些特点和社会的某些客观要求，有时也会促使作者采用或不用某种文学样式。

恩格斯说到形式的时候，还曾经说过：

> ……为了能够从纯粹的状态中研究这些形式和关系，必须使它们完全脱离自己的内容，把内容作为无关重要的东西放在一边……[1]

可见对于形式也有必要进行专门的研究，不能借口“内容决定形式”而忽视这种研究。

所谓诗歌形式，从根本上说，指的并非文字排列，而是语音的节奏韵律。中国古典诗歌由于诗句的划分很清楚，所以一直像文章一样排列。这并没有影响它的实质。诗歌之所以被认为是一种高级文体，就是和它优美的形式（即语音的美）分不开的。这种语音的美表现为

[1] 恩格斯：《反杜林论》，见《马克思恩格斯全集》，人民出版社1956年版，第20卷第41页。

诗歌的韵味：格律诗要有和歌唱相联系的韵味，自由诗要有和朗诵相联系的韵味。

凡是至今为人传诵的诗作，无不在诗歌形式方面和传统结合得比较好。我们想起艾青，首先想到的是："为什么我的眼里常含泪水？/因为我对这土地爱得深沉……"（《我爱这土地》）；我们想起北岛，首先想到的是："卑鄙是卑鄙者的通行证，/高尚是高尚者的墓志铭"（《回答》）；我们想起顾城，首先想到的是："黑夜给了我黑色的眼睛/我却用它寻找光明"（《一代人》）。中国人历来有炼字炼句的传统。这些句子，正是在形式上锤炼得比较好的。

中国人又历来强调背诵。其实西方人对于诗歌，也很强调背诵。人家能记住，能随口背出来，作品才能进入"保留节目"。——我这里既指格律诗，也指自由诗。正因为如此，我们要相信诗人。他们总是希望有更多读者的。只要我们讲清了理由，他们一定会对诗歌形式问题表现出前所未有的兴趣来。

说到诗歌形式，常听到有人说：国外已经发展到什么派了，你们还在研究传统形式呢！言下之意，似乎这样做是大大落后于时代了。其实这是一种把内容问题和形式问题混为一谈的典型误会。国外有些现代派诗人，像俄罗斯的帕斯捷尔纳克，其实是用传统的西洋格律诗形式来写作的。为什么要这样做？除了创作习惯之外，恐怕主要还是为了容易念、容易记，容易为读者接受。

我们的诗人不是也会有同样的愿望吗？所以我说，应该寄希望于诗人。他们是创造者，是诗歌的实践者，他们自然会处理好这个问题的。

诗歌不仅是语言艺术，而且是一种特别重视口头表达方式的文学样式。外国诗歌的一些做法，当然应该借鉴；但从根本上来说，对语音以及词汇、句式等等的处理方式，想要完全从异民族的语言及诗歌传统中去汲取营养，是不可能的。比如印欧语以重音为中心的节奏单位，在汉语就无法普遍复制；而汉语的声调，印欧语中也是无法复制的。研究诗歌形式，目的完全是为了发掘诗歌的语音美感，使读者乐于接受，容易记住，并不是复古。因此，诗歌形式问题是跨流派的。而诗歌形式的研究和实践，完全应该作为独立的重要课题来专门讨论。

不仅如此，上述以外国为标准的心态，对于认识和处理文化问题是有害的。人文学科不同于自然学科。由于中国曾有百年落后挨打的历史，我们听到过很多关于“汉语是落后的语言”之类的说法，可是最后都不攻自破。至于诗歌，在中国人拿西方潮流作为进步标志的时候，像庞德这样一些西方诗人却在大力提倡向中国古典诗歌学习。这不是很有趣吗？俄国文学的历史就值得我们借鉴。彼得大帝向西方开放之后，十八世纪的俄国文学有一种对西欧文学亦步亦趋的倾向，直到树立了以自我为主的态势，才出现了十九世纪俄国文学的高峰。可见我们考虑问题的角度是该有所变化了！

有些朋友过于相信某些外国人的评论。其实对于中国诗歌的韵味，外国人，即使是汉学家，也是不容易掌握的。他们的评论，往往拘泥于字面内容，难以为据。“汉学家”一词，只是相对于别的外国人而言。有的外国人对我们的文学现状大加褒贬，但据说翻译中国诗歌也会出现一些很普通的语言错误。所以，对中国诗歌最有发言权的，还是中国人。而且在外国也并非只有一种声音，还有许多外国诗人是希望中国诗歌更好地继承本民族传统的。

诗歌形式、诗歌流派和学习西方，是三个不同的概念，虽然它们之间的确有许多复杂的关系。无论中西，现代诗歌都包含各种流派。西方现代派和后现代派有它自己的发展过程，在不同的国家有不同的发展史和不同的特点。这种流派概念和作为诗歌形式的自由诗也是完全不同的两码事。

我们诗歌界许多人了解外国诗只是通过译文。可是当前诗歌译法本身还有许多问题需要讨论，诗歌译文质量也不整齐，有些分行散文似的译作，还使许多人把“现代派”和“自由诗”混为一谈。因此，对于学习外国，一定要踏踏实实了解原始材料，最好是能通过外文阅读原作，不要走马观花或者想当然，才能在和本国诗歌的对比中做到真正的借鉴。作为诗歌界人士，花这点力气，是值得的。

百年来我们所译的外国诗，主要是西洋的格律诗。

有一种想法认为诗歌翻译只需考虑词句，不必考虑诗歌形式。其实，怎么传达原作的诗歌形式，应该是诗歌翻译的首要问题，因为这是一个涉及“是不是”的基础性问题。如果本来是格律诗，翻译之后却变成了自由诗，能在它的基础上进行外国诗歌的史论研究吗？我曾举马雅可夫斯基的《左翼进行曲》为例。原作使用的是进行曲的节奏，如果译文失掉了这种节奏，就很难认为是准确的译文。所以，只有在“以格律诗译格律诗”的基础上，才有可能建立起我们的诗歌翻译理论。面对大量外国格律诗，想要绕开五四以来像胡适、徐志摩、闻一多、孙大雨、何其芳、卞之琳、朱光潜、王力等等这样一些著名诗人和学者的长期研究和实践，光靠近年输入的一些西方说法来建立诗歌翻译的理论体系，最终总会要证明是徒劳无功的。

另一种想法却以为翻译应该做到“原汁原味”。可是既然经过了翻译，哪儿还有“原汁”呢？所以我们其实是在另一种“汁”（也就是另一种语言）里头调味儿，尽量调出一点“原味儿”来。而这“原味儿”少不了就要包括诗歌形式。就像画肖像画一样，既不可能和照片一模一样，又要做到传神。这就很难了。

拿什么去调这个味儿呢？各语种的西洋诗有自己的格律，可以用来翻译其他语种的格律诗；中国传统的文言诗也有它的格律，所以最早的诗歌翻译采用的是文言的格律形式。白话诗的格律形式还没有定型，有些人甚至否定它。许多诗歌翻译家却坚持“以格律诗译格律诗”，虽然他们对新诗格律的理解和具体做法也还不完全一致。

总之，我们现在是该好好重视对文本和诗歌形式的研究了，是该好好重视语言学（特别是语音学）以及外语和外国诗歌的第一手知识了。因为这些正是当前中国新诗界的短板。

至于说到诗歌的内容，在反对“假诗”和无病呻吟的基础上，我只想谈三点：

第一，诗歌应该是美的。即使是揭露和批判社会的丑恶面，作品也应该有高尚的美感。如果不追求美，还要文学做什么？还要诗歌做什么？如果不追求美，何不把美学改为“丑学”？——灵魂的美，决定了作品的美，而这毫无疑问应该是我们努力的方向。一个作家，总会想成为大作家；一个诗人，总会想成为大诗人。想成为大诗人，又搞低级趣味，无异叶公好龙。

第二，一般说来，诗歌应该有抒情主人公形象。现在不少作品，作者好像不愿敞开思想，很难让读者了解他灵魂深处藏着一些什么。无论是自由诗还是格律诗的作者中，目前普遍存在这种现象。长此以往，恐怕是不行的。

第三，一些作品学习西方对意象的开拓，这是好事。

但是我们不能埋头于意象，忘了全诗的意境；而诗歌的意境是中国诗歌历来极为重视的。许多强调意象的外国诗人也并非不重视诗歌的意境，这由他们的创作就可以看出来；只不过他们在理论上没有更多论述罢了。意境是和整个作品相关的。如果埋头意象而忘了全诗的意境，作品就会出现碎片化的倾向。

四

说到诗歌形式，争论多年的新诗格律和格律体新诗是一个避不开的话题。

否定格律体新诗的意见，得不到语言学和中国诗歌（包括白话诗）发展史的支持。富于音乐性的汉语，其诗歌历来重视格律形式；白话诗歌中大量优美的民歌（民间格律诗）和以闻一多为代表的格律探索及其成就，也是客观的事实。

所谓“格律诗”，有的论者从历史出发，只承认以平仄律句为基础的律、绝和词、曲，甚至连词、曲也不承认。按这种狭窄的理解，不仅没有白话的格律诗，连所谓外国格律诗、西洋格律诗等等说法，也都不能成立。这显然是片面的看法。律、绝以前的汉语诗歌，除了《诗经·周颂》中有几首完全无韵之外，都是有韵的，节奏也很整齐。它们不是自由诗，至少应该说是半格律诗、准格律诗才对。

格律的规律一般包括三个方面：一是韵，二是节奏，三是诗歌结构。前二者应确定规范；结构则应百花齐放，只有某些体例将其纳入规范（如律、绝之四句、八句，西方十四行诗之行数等等）。

就白话格律诗而言，韵的问题不大，结构本应多样化，所以研究重点就在于节奏。

中国古典诗歌有两个节奏传统：两字一拍，是中国古典诗歌最常见的节奏形式。这是黄河流域的中原文化留给我们的节奏遗产，体现在中国最早的诗歌总集《诗经》中。《诗经》以四言句为主，偶尔有个别虚字。像《静女》：

静女　其姝，　俟我　(于)城隅。

长江流域的楚文化留给我们的节奏遗产却复杂得多。散发着浓郁浪漫主义气息的楚辞，采用的是一种多缀虚词的、跳荡的、具有混合形态的节奏和丰富多变的句式。楚辞常见的形式是每句由两个基本结构相同的“半句”组成，中间用“兮”连接。例如：

鸷鸟　(之)不群　兮，　[自]前世　(而)固然。
[何]方圜　(之)能周　兮，[夫孰]异道　(而)相安！
屈心　(而)抑志　兮，　忍尤　(而)攘诟。
[伏]清白　(以)死直　兮，　[固]前圣　(之)所厚。

其中打圆括的是轻音的虚字，上下联可以重复；打方括的是轻音、半轻音的字，许多是动词或介词、连词，上下联不重复。

《诗经》和楚辞的诗句基本上都是双字结尾。但从楚辞的《山鬼》《国殇》和《橘颂》等篇中，已经可以看到向单字结尾转变的趋势，像：

若有人（兮）山之阿，

被薜荔（兮）系女萝。　　　　《山 鬼》

后皇嘉树，橘徕服（兮）。　　《橘 颂》

南北两种节奏传统相互影响融汇的结果，产生了单字结尾、不用虚字的七言句和三三句，后来又产生了五言句。按惯例，结尾的单个字可以按两个字的音长来计算。

有的朋友可能会对“两字一拍”的说法提出疑问。像王之涣《出塞》：

羌笛　何须　怨杨　柳，　春风　不度　玉门　关。

“怨杨柳”不是 1 ＋ 2 吗？“玉门关”不是 3 吗？怎么都按 2 ＋ 1（即两字一拍，结尾单个字一拍）计算呢？——这里问的是一个非常重要的问题。

应该说，格律规范中所说的节奏，并不等同于实际诵读的节奏，而是指的一种与实际诵读既有联系又有区别的模式化的节奏。至于诵读的节奏，那是诵读学研究的对象。汉语诗歌的节奏单位和词语基本一致，但一致并非等同。而词语的组成只能作为划分节奏单位的参考。

对于格律诗的节奏，可以有三层理解：从诗律理论来说，是确定节奏模式；从诗歌创作来说，是根据节奏模式形成诗歌中丰富生动的具体节奏；从诗歌诵读来说，是根据作品进一步作节奏处理。三者有联系又有区别，彼此不能取代。这是需要特别注意的。所谓“两字一拍”，就是用于模式化节奏分析的一种标准。

诗词都没有衬字。唐诗用的是单字结尾的句式，词则混合使用了单字结尾和双字结尾的长短句。同时，以楚辞为代表的节奏并没有消失。在它影响下，产生了各种骈体作品，从赋直到对联，时间跨度也很大。其中的不同句式，节奏和楚辞是一致的，可以从王勃《滕王阁序》中找到。请看：

1）			台隍	[枕]	夷夏	（之）	交，
			宾主	[尽]	东南	（之）	美。
2）				[望]	长安	（于）	日下，
				[指]	吴会	（于）	云间。
3）	闾阎	扑地，	钟鸣		鼎食	（之）	家，
	舸舰	迷津，	青雀		黄龙	（之）	轴。
4）			落霞	[与]	孤鹜		齐飞，
			秋水	[共]	长天		一色。

由上例可以看出，六字的“指吴会于云间”和“钟鸣鼎食之家”，节奏并不相同；七字的“宾主尽东南之美”和“秋水共长天一色”，以及律诗的七言句，节奏也不相同。可见光算字数并不能弄清作品的节奏。而过去所谓“四六”、“杂言”之类的说法，都不可靠。

词和曲是按谱填词的。词不用衬字，曲却大量使用衬字。元曲的衬字没有严格的字数规定，一处衬字可以多至二十多字，一般是六七字。字数一多，就和原来句式脱离了。不过在有的情况下，衬字却具有和现代汉语轻读音节相似的特征。像张养浩《沽美酒》：

在官（时） 只说 闲，得闲（也） 又思 官。

直到 叫人 做样 看。从前（的） 试观、

那（一）个[1] 不遇 灾难！

这就和白话格律诗常见的节奏完全可以相通了。

我想，如果以两个“正字”（重读音节）作为一个节奏单位，再适当插入轻音、半轻音音节，在此基础上形成白话格律诗的节奏规范，是一条值得探索的途径。我把这种办法总结为八个字，即：两字一拍，轻音另计。

“两字一拍”所说的“字”，指的是正字，即重读音节。“轻音另计”如何计，还可以进行讨论和实践。闻一多的《死水》，就为我们提供了一个每行八个正字（四个节奏单位）加一个轻音音节的经典范例。像：

这是 一沟 绝望（的） 死水，

清风 吹（不）起 半点 漪沦。

在我看来，这首著名作品用的并不是什么“九言句”，而是“加了一个衬字的八言句”。

在两字一拍的基础上，甚至还可以调平仄。闻一多是古典诗歌的专家，他的《死水》，就有平仄配置。虽

[1] 那一个——即“哪一个”。

然他自己并没有说，但熟悉古典诗歌的读者，是能听出来的。王力先生1962年就提到诗人贺敬之的《桂林山水歌》开头四行：

云中的神啊，雾中的仙，
神姿仙态桂林的山！

情一样深啊，梦一样美，
如情似梦漓江的水！

他就说："除了衬字（'的'字）不算，'神姿仙态桂林山'和'如情似梦漓江水'十足地是两个七言律句。"[1]

我个人也是在做句中平仄的试验。但这里我不想多谈，因为这还不是目前需要着重考虑的事情，不能让它干扰了我们的重点。

五

从五四时期到现在，新诗已经走过将近百年了。放眼世界，二十世纪这一百年，是各种现代流派的天下。中国处于战争和革命中，和世界诗歌的发展显得脱节。许多人想弥补这段差距，心情是可以理解的。但和他们

[1] 王力：《略论语言形式美》，见《龙蟲雕斋文集》，中华书局1980年版，第1册，第470页。

的主观愿望相反，中国现代派诗歌的发展，客观上却走着和国外并不相同的道路，显得既急于求成，又先天不足。

在二十世纪西方现代派发展过程中，俄罗斯形式主义是一个值得我们注意的流派。它和中国的五四运动，和中国的白话新诗，几乎同时产生。到现在，都已经将近百年了。由于社会的原因，它存在的时间很短，对西方文艺理论和诗歌发展所起的作用却很大。相比而言，将近百年的中国新诗，却至今问题成堆，步履维艰。原因何在呢？我以为，关键问题就在于它的基本理论一直被忽视，因而无法对创作和评论起到指导的作用。

汉语的“诗歌”这个词儿，既包括“诗”，也包括“歌”。在我国古代，“诗”和“歌”的关系是非常密切的。至于当代，歌唱运动的发达超过了新诗运动，也是不争的事实。和过去一样，在中国诗歌传统产生断裂的时候，是这种“歌唱的诗”在起到承上启下的作用。

可见，在中国诗歌这个概念中，不仅包括现代白话的创作诗歌（即新诗）和古典诗歌，以及现代人用古典诗歌形式创作的文言作品，还包括古代民歌，还包括歌词和现代民歌，当然也还要包括外国诗歌的汉语译作。如果忽视这种“歌唱的诗”，我们的新诗界就会变成一个没有“歌”的“诗‘歌’界”。

由于新诗、特别是其中的自由诗一家独大，中国诗歌界实际上已经分裂，新诗界、古典诗歌界（包括研究和创作）、歌词界、民歌界、诗歌翻译界各自为政，除了个别部门（民歌界和歌词界）联系较为密切之外，往往老死不相往来。实际上，我们已经没有统一的诗歌界了。这种“五马分‘诗’”的现象，既不同于中国古代，也不同于西方古代，也不同于西方当代，是多么令人触目惊心啊！

诗歌是文化的一部分。历朝历代，知识分子都是文化的特权阶级。五四以前及五四以后的一段时期，知识分子都通平仄，因为那些东西是他们立身的敲门砖。虽然知识分子在全民中是少数，可是从地域来看，有人烟处就有人通平仄，诗歌知识在全国范围内是非常普及的。

五四运动至今，将近百年了。随着社会的大变革，文化知识也有了一个大的普及，它已经不是少数知识分子的专有物。但由于文体的突变，中国诗歌文化的传统在相当程度上中断了。这表现在一系列理论和实践问题上。偏重诗意而忽视诗歌艺术手段的探讨，就是一个突出的现象。

文化的大普及，又促使这种尚未充分成熟的诗歌文化开始大普及。因此，当前正处于一个诗歌的普及期。这种普及与古典诗歌在历代知识分子中的普及不同，它始终缺乏深深扎根于本民族传统的、高度发展的艺术基础。诗歌作为文学最高形式的地位，就明显地低落了。多年来，总是有一些人不承认这点；可是用他们的办法却总是扭转不了局面。为自我娱乐而写诗，当然怎么都行。要是想做一个诗人，就不要以为写诗容易，完全不需要学习和知识积累，完全不需要钻研诗艺。诗歌界也不要这样引导，因为这种思路不可能整体提高中国诗歌的水平，已为多年的历史所证实.

在这种诗歌文化平面化的时期，诗歌普及和提高的矛盾就突出起来。新诗界有些朋友似乎当局者迷，说的都是新成绩、新气象；而市场却是现实而无情的，问问新诗的销路就知道了。我们不承认，不等于问题不存在。

而解决问题的关键，在于创新。

有些朋友认为向传统学习就不是创新。历史却有另外的标准：没有用过或者用得不多的形式，没有用滥的形式，才是新的。文言诗是古人的创造，白话的自由诗是五四以来前人的创造。我们现在文言的水平已经大大不如古人，用文言能写出另一个唐诗那样的高峰来？至于自由诗，现在的问题是自由无度，也是大家都看到的。作为诗歌大国的子孙，我们是该有些新的思路了。

我的这本集子，和我翻译的一些诗歌作品一样，都是我所作的一点诗歌实践。作为过去创作的结集，这本集子的分量实在过于单薄。

蒙前辈屠岸先生为我作序，内心至为铭感。屠先生为提携后进，说了许多鼓励的话；我的水平低，离他的评价是很远的。我只能用这些话作为对自己的鞭策。

许宗华先生为本书的出版作了很大的努力，我的妹夫谭和平先生和外甥志成、志洪也给予了很多帮助，特在此致以真诚的谢意。

中国是一个诗歌的大国。这个荣誉属于我们的祖先。面对祖辈，面对我们的时代，我们肩上的担子是很重很重的。

在中国新诗诞生百周年到来的时候，让我们继承传统，学习民歌，借鉴外国，总结新诗，为建设中国新诗即“中国的、现代的、白话的创作诗歌”而继续努力吧！

作　者

2014 年 6 月 30 日写

2016 年 4 月 27 日改成

图书在版编目（CIP）数据

风之歌 / 丁鲁著. -- 北京 ：中国友谊出版公司，2016.9

ISBN 978-7-5057-3819-5

Ⅰ. ①风… Ⅱ. ①丁… Ⅲ. ①诗集－中国－当代 Ⅳ. ①I227

中国版本图书馆CIP数据核字(2016)第195314号

书名 风之歌

著者 丁 鲁

出版 中国友谊出版公司

发行 中国友谊出版公司

经销 新华书店

印刷 北京鹏润伟业印刷有限公司

规格 889×11194毫米 32开

6.75印张 200千字

版次 2016年10月第1版

印次 2016年10月第1次印刷

书号 ISBN 978-7-5057-3819-5

定价 24.00元

地址 北京市朝阳区西坝河南里17号楼

邮编 100028

电话 （010）64668676

创美工厂出品

出 品 人：许　永
责任编辑：许宗华
装帧设计：海　云
内文制作：许宗华
责任印制：梁建国
　　　　　潘雪玲
投稿信箱：cmsdbj@163.com
发　　行：北京创美汇品图书有限公司
发行热线：010-53017389　59799930

创美工厂
微信公众平台

创美工厂
官方微博